이세계에서 스킬을 해체했더니
치트급 아내가 증식했습니다
개념 교차의 스트럭처
3
“그걸 쓰러트린 건 어떤 분이시죠?
지나가던 용사가 아닐까요?”

앉아 있는 소녀가 이리스 하페우메어.
이르가파 영주의 딸 중에 하나.
나이는 12세.

센게츠 사카키 지음 | 토자이 일러스트

Contents

제1화「여행 중에 스킬이 늘어나서 새로운 콤보를 생각해봤다」

마검 레기의 칼날이『달인 고블린』의 몸통에 파고들었다.

"그가아아아아아아아아아악!"

고블린은 피를 흘리면서 길 위에 쓰러졌고, 그대로 움직이지 않았다.

하아.

의외로 힘들었다.

가도에서 마물과 인카운트한 건 처음이지만, 어떻게든 됐다.

"수고하셨습니다. 주인님."

리타가 나한테 다가왔다.

역시나 격투계 치트 캐릭터. 땀 한 방울 안 흘렸네.

리타는 금색 머리카락이 귀찮다는 듯이 흔들고, 땅바닥에 내려놨던 짐을 집어 들었다. 적의 검을 부러트렸다는 걸 믿을 수 없을 정도로 가느다란 팔로.

우리가 상업 도시 메테칼을 출발하고 며칠이 지나.

여기는 다음 마을로 가는 가도고, 주위에는 숲이 펼쳐져 있다.

땅바닥에 고블린 시체가 뒹굴고 있는 것만 빼면 평화로운 오후다.

쓰러트린 숫자는 내가 두 마리, 리타가 두 마리. 레어 몬스터인『달인 고블린』은 둘이 같이 싸웠다.

사정이 좀 있어서, 세실이랑 나머지 사람들은 먼저 다음 마을로 보냈다.

다음 마을까지는 리타와 단둘이 여행이다.

"나기, 괜찮아? 다친 덴 없어? 미안해. 주인님한테 도움을 받았네."

"괜찮아. 리타가 적을 약하게 만들어줬으니까."

전투 중에 리타는 계속 내 움직임을 읽고 거기에 맞춰줬다.

덕분에 이쪽은 대미지를 전혀 입지 않았다.

"나 혼자서였다면 힘들었겠지만."

"괜히 『달인 고블린』이 아니었어. 이 녀석, 아마 스킬을 가지고 있을 거야."

리타는 레어 몬스터 『달인 고블린』을 내려다보며 말했다.

"스킬을?"

"아마 누구한테 빼앗았거나 자기가 습득했을 거야. 딱 보면 알아."

리타가 말했다.

잠시 기다렸더니 쓰러진 고블린의 가슴 언저리에서 빛의 입자가 나타났다.

그것이 내 손 안에서 굳어지고, 투명한 구체로 변했다.

"이건… 스킬 크리스탈? 내용물은 『검술 LV2』인가?"

"깨끗한 물로 씻으면 돼. 그러면 정화돼서 나기 게 되니까."

마물이 스킬을 드롭한 건 처음이다.

그렇구나. 이렇게 스킬을 손에 넣는 방법도 있는 건가.

"스킬 드롭 확률—이 아니라, 마물이 스킬을 떨어트릴 확률은 얼마나 되지?"

"아주 낮아. 스킬을 가진 녀석 자체가 적고, 대부분의 스킬들은 죽으면 사라지니까~."

"이것만 가지고 먹고 사는 건 무리인가."

"괜찮아, 내가 열심히 할 테니까."

"열심히 하다니, 뭘?"

"나기가 일하지 않아도 되도록 강해질 거야. 내가 나기를 먹여 살려줄게."

리타는 주먹을 꽉 쥐었다.

"집에서 데굴거리는 나기한테, 내가 사냥한 걸 가지고 가는 거야. 새나 짐승을 물고 온 내 머리를 나기가 쓰다듬어주고. 그러면 난 이렇게 말하는 거지. '죄송해요 주인님, 사냥감을 이것밖에 못 찾았어요. 부디 벌을 내려 주세요……'."

"그러면 내가 블랙한 주인님이 되잖아!"

봉사하고 싶은 기분은 알겠지만, 이상한 미래를 꿈꾸지는 말아주세요.

"내 목적은 일하지 않아도 먹고 살 수 있는 스킬을 만들어내서 다 같이 데굴데굴 편하게 사는 거라니까. 블랙한 고용주가 될 생각은 없어."

지난번 싸움 이후에 레티시아한테 저택을 받은 것도 그것 때문이다.

당장 우리의 목적은 항구 도시 이르가파에 생활 거점을 만드는 것.

도착하면 일단 노예들한테 휴가를 줄 생각이다. 세실과 리타는 왕도에서부터, 아이네는 메테칼에서부터 계속 일했으니까. 솔직히 나도 쉬고 싶고.

좀 자리가 잡히면 그곳을 거점으로 '일하지 않아도 먹고살 수 있는 스킬'을 만드는 게 최종 목적이다.

"자, 서두르자. 해가 지기 전에 다음 마을에 도착하고 싶으니까."

"알았어요. 주인님."

우리는 다음 마을 '온천 마을 리헬다'를 향해 걸어갔다.

중간에 길옆에 작은 개울이 있어서 거기에 『검술 LV2』를 씻었다.

이러면 정화가 된다는 것 같다.

그렇게 해서, 지금 내가 가지고 있는 스킬은 다음과 같다.

고유 스킬 『능력 재구축 LV3』

통상 스킬 『증여 검술 LV1』『건축물 강타 LV1』『고속 분석 LV1』『이세계 회화 LV5』『초월 감각 LV1』『지연 투기 LV1』

보관 스킬(가지고는 있지만 인스톨은 안 한 스킬) 『건축물 강타 LV1』『시궁창 청소 LV1

그리고 지금 막 손에 넣은 『검술 LV2』.

나와 리타는 나란히 가도를 따라 걸어갔다.

저녁이라서 그런지 사람은 전혀 보이지 않았다.

세실과 아이네와 레티시아는 슬슬 다음 마을에 도착했으려나.

여관에서 푹 쉬고 있으면 좋겠는데….

어제부터 세실이 몸이 좋지 않았으니까.

그래서 고블린의 습격을 받았을 때, 우리는 둘로 갈라졌다.

나와 리타가 적을 잡아두고, 세 사람은 먼저 가라고 했다. 세실은 끝까지 울먹였지만, 그렇게 열이 나는 상태에서 전투에 참가시킬 수는 없으니까.

"정말이지, 세실도 참. 몸이 아프면 아프다고 말을 할 것이지."

"어떻게 말하겠어."

리타는 즐겁다는 듯이 입술을 삐죽 내밀었다.

"나기를 만난 덕분에 완전한 어른이 돼가고 있어요, 라는 말을."

그 부분은 엄청나게 창피해하던 세실한테 직접 들었다. 주인님 권한으로.

마족은 운명의 상대와 만난 뒤에 진정한 의미로 성체가 된다는 것 같다.

구체적으로는 마력이 강해지고 몸에 부담을 주지 않고 아이를 만든다든지 한다. 알기 쉽게 말하자면 세실은 지금 마지막 성장기를 맞이했고, 그래서 열이 난다는 것 같다.

외모는 앞으로도 달라지지 않는다는 것 같지만.

"세실은 나기가 걱정하지 않았으면 싶었던 거야. 이해해주라고, 주인님."

"하지만 말해주면 휴가 정도는 줬을 텐데 말이야. 몸이 안 좋은데 억지로 일을 시킨다든지, 그런 건 블랙한 고용주 같아서 싫다고."

노예의 몸 상태를 잘 파악하는 것도 주인이 할 일이니까.

"그러니까, 세실이 회복될 때까지 당분간 쉬자고."

다음 마을은 온천 지역이라서, 안 그래도 며칠 동안 머물 생각이었지만.

"리타도 무리하지 말고. 알았지.

"정말이지… 나기는 이상한 주인님이라니까."

"시끄러워. 내가 살던 세계에서는 '종업원을 소중히'라는 룰이 있다고."

하지만, 잘 지켰다는 말은 안 했다.

……그것 때문에 엄청나게 고생한 내가 다른 사람한테 블랙 노동을 시킬 수도 없으니까.

"그리고 레기, 너도 괜찮아? 아픈 덴 없어?"

나는 칼집으로 돌아간 마검 레기한테 말을 걸었다.

"너무해 주인님! 이 몸한테만 마음이 안 실린 것 같은데?!"

펑, 소리가 나고, 내 눈앞에 사람 모양의 레기가 나타났다.

레기는 마검과 사람 모양이 동시에 존재할 수 있구나. 역시 이계의 마검이야.

마검 상태 쪽이 더 편한지, 자주 나타나지는 않지만.

"뭐, 이 몸도 주인님의 노예가 됐으니까. 주인님이 신경 써주는 것만으로도 기쁘지만."

"그거 다행이네."

"참고로 이 몸은 아무렇지도 않다. 고블린 따위를 벤 정도로는 날이 상하지도 않으니까."

레기는 빨간 트윈 테일을 흔들면서 웃었다.

'사람의 마음을 조종하는 힘'을 잃고 '슬라임을 조종하는 힘'을 손에 넣은 마검 레기는 얌전히 날 따라오고 있다. 지금 상태가 의외로 마음에 든다는 말도 했었지.

"이 몸은 원래 귀여운 소녀를 아주 좋아하니까!"

나랑 리타와 나란히 걸어가며, 레기가 말했다.

"주인님과 같이 있으면 동물 귀 여자애에 마족 여자애의 귀여운 모습을 즐길 수 있지 않은가? 아, 당연히 손은 안 댄다. 이 녀석들을 물리적으로 사랑하는 것은 주인님의 권리니까. 노예로서 주인님의 즐거움을 빼앗을 수는 없지! 관찰은 하겠지만!"

"…이상한 짓은 안 할 거지? 레기?"

리타는 상냥한 눈으로 레키의 얼굴을 보면서 말했다.

"당연한 거 아닌가!"

"그렇다면 너도 우리 동료야."

"음. 우리는 주인님의 노예 동료다!"

리타와 레기는 멈춰 서서 서로 손을 마주 잡았다.

"난 전선에서 나기를 지킬 거야. 레기는 나기의 검으로서 지켜줘."

"이 몸의 능력은 주인님을 지키기 위해 존재한다. 그대의 능력도 마찬가지가 아닌가?"

"맞아. 그리고 난 '기척 감지' 스킬로 주위 상황을 나기한테 알려줄 수 있어."

"으음! 그렇다면 이 몸은 그대의 체온과 숨결을 통해서 발정했는지 아닌지를 주인님께 알리도록 하겠다!"

……야, 레기!

"구체적으로는 그대가 주인님의 총애를 받아들일 수 있는 상태인지 아닌지가 문제이겠지. 물론 그대가 이 몸에게 가르쳐줘도 된다. 이 몸은 그것을 은근슬쩍 주인님께 알리고, 준비를 갖추도록 하겠다. 뭘, 사양할 것 없다. 다시 태어난 이 몸은 주인님과 노예의 그런 중개 역할도 하고 싶다고—."

"안 해도 되니까 검으로 돌아가, 레기!"

리타가 경직돼버렸잖아.

레기는 "에~" 하고 볼을 빵빵하게 부풀리기는 했지만, 얌전히 마검 속으로 돌아갔다.

이 녀석, 그래도 말은 잘 듣는다니까.

『지금의 이 몸은 '마검 레기나브라스'가 아니라 '마검 레기'니까.』

마검 상태의 레기가 진동을 울리면서 말했다.

『강요는 않는다. 본인이 그럴 마음을 품기를 즐겁게 기다릴 뿐이다…….』

자기 할 말을 다 하고 만족한 건지, 레기는 입을 다물었다.

정말이지.

리타가 얼굴이 새빨개졌잖아.

"……주인님. 부탁이 있어요."

"좋아. 뭔데?"

"잠시, 이쪽 보면… 안 돼."

동물 귀를 뿅, 하고 세우고. 꼬리를 열심히 흔들면서, 리타는 나한테서 눈을 돌린 채 걸어갔다.

왠지 나도 쑥스러워서 리타 옆에서 가만히 걸어갔다.

가도는 점점 넓어졌고 걷기도 편해졌다.

마을이 가까워졌다는 증거다.

한참 걸어가자, 길옆에 안내용 돌기둥이 보였다.

다음 마을 '온천 마을 리헬다'까지의 거리와 방향이 적혀 있다. 여기서부터 걸어서 한 시간 정도면 도착한다는 것 같다.

돌기둥 앞에는 돌멩이가 글자 모양으로 놓여 있다. 세실, 아이네, 레티시아의 이니셜. 세 사람 모두 무사히 여기를 지나갔다는 신호다.

다행이네.

그렇다면 다들 이미 다음 마을에 도착했을 무렵이네.

돌기둥을 보니 방향을 알 수 있게 돼 있다. '리헬다 마을'은 여기서부터 동쪽.

북쪽 숲에 있는 샛길로 들어가면 '묘지'라는 것 같고.

판타지 세계의 묘지라….

"저기, 리타."

"아으!"

리타가 움찔, 하고 꼬리를 쫑긋 세웠다가 내 쪽을 봤다.

가슴에 손을 얹고, 심호흡을 하고, 그리고,

"미안해 주인님. 응, 괜찮아."

"깜짝 놀랐어?"

"아니… 괜찮아. 아직 조금 두근거려서 그랬어. 레기가 이상한 소리를 한 탓에 이것저것 상상해버렸… 이 아니라!"

리타는 얼굴 앞에서 손을 휘휘 저었다.

"뭐, 뭔데, 나기?"

"저기에 묘지가 있다고 적혀 있잖아?"

돌기둥을 가리키며 말했다.

"묘지라는 게 말이야, 마을 밖에 있어도 괜찮은 거야? 시체가 언데드가 된다든지 하는 거 아냐?"

"아, 응. 잘 진혼하고 매장한 사람이라면 괜찮아."

이쪽 세계에도 매장 의식은 있는 것 같다. 그야 당연하겠지.

"그렇지 않은 사람도 그리 쉽게 언데드가 되는 건 아냐. 묘지를 '진혼과 마물을 물리치는 부적'으로 둘러쌌으니까."

"그렇구나. 대책은 마련하는 거구나."

"맞아… 이 부적이 부서지면 큰일이지만."

리타는 샛길 입구에 있는, 날개 달린 여성의 상을 가리켰다.

허리 언저리에서 두 동강이 나 있다.

"…부서졌잖아."

"부서졌네."

"위험한 거 아냐?"

"괜찮아. '네크로맨서'라도 있다면 모를까."

리타가 그렇게 말했을 때, 묘지로 가는 길에서 비명소리가 들려왔다.

이쪽을 향해 뛰어오는 무거운 발소리—도?

"나기!" "알았어."

우리는 황급히 뒤로 물러났다.

나뭇가지 부러지는 소리가 들렸다. 시커멓고 커다란 것이 다가온다.

"레기!"

『알았다, 주인님. 이 몸을 써라!』

나는 마검 레기를 뽑았다. 리타도 주먹을 쥐고 길 쪽을 쳐다봤다.

'으아아아아아아아아아아아!'

그리고 샛길에서 튀어나온 것은 거대한 갑옷이었다.

키는 약 2미터. 한 손에 검을, 한쪽 팔에는 작은 소녀를 안고 있다.

갑옷은 장식이라고는 하나도 없는 투박한 것. 두꺼운 철판으로 만들었고, 움직일 때마다 삐걱삐걱 소리가 난다.

안에 사람은—없나?

살짝 올린 페이스 가드 안쪽에 얼굴이 없다.

뭐야 이 자식.

움직이는 갑옷—리빙 메일인가?

『운이 없구나. 이 자리에 있었다는 사실을 저주하라.』

갑옷은 어디서 들어본 것 같은 대사를 토했다. 다른 의미로, 뭐야 이 자식.

갑옷 주위에는 반투명한 사람 그림자가 떠 있다. 잔뜩.

두리둥실 떠다니면서 손을 이쪽으로 내밀었다.

어으으으으으으으으. 으어어어어어어어
쉬고싶어자고싶어집에가고싶어.
우리에게평온한잠으으으으으을.

다들 울먹이는 얼굴로, 야근에 찌든 회사원 같은 소리를 외쳐댔다.
"고스트야! 건드리면 안 돼. 생기를 빨아먹으니까!"
리타가 경계했다.
"…무, 무례한 놈!" "이리스 님을, 노, 놓아라—…."
샛길에서 장검을 든 남자들이 뛰어왔다. 하지만 움직임이 느리다.
등에 고스트가 매달려 있고, 해골 검사까지 달라붙어 있다.
전사들은 우리가 있는 곳까지 오기도 전에 쓰러졌다.
『잠에서 깨어난 고스트여. 살을 잃은 스켈톤이여. 이 몸이 이 자를 주인께 전할 때까지 일시적으로 너희를 고용한다. 노동하라. 일시적인 목숨이 전부 타버릴 때까지—』
검은 갑옷이 우리 쪽을 봤다.
『불쌍하도다. 목격자는 없애라는 명령을, 주인으로부터 받았다.』
"왜 이런 데서 당당하게 여자애를 납치하는데…."
잡혀 있는 소녀는 축 늘어져서 꼼짝도 안 했다.
검은 갑옷은 우리 쪽을 보고 있다.
이 녀석은 언데드들을 조종해서 소녀를 잡아가려고 한다.
지나가던 우리들까지 죽이려고 한다.

치안이 안 좋네. 판타지 세계.

"우리는 갈 길이 바쁜데……. 널 상대하는 사이에 동료들한테 무슨 일이라도 생기면 어쩔 건데? 그리고 여자애를 납치하는 주제에 너무 당당한 거 아냐? 하다못해 조용히 있으면 목격자를 없앤다든지 하는 유치한 대사도 안 듣고 넘어갈 수 있었는데…….

됐어. 귀찮으니까, 그 아이 놔두고 당장 꺼져."

『정신이 나갔나! 너는 여기서 죽을 운명—.』

"시끄러, 닥쳐. 요즘 세상에는 무료 게임 악역도 좀 더 그럴듯한 대사를 하는데 말이야."

넌 고스트도 조종하고.

죽은 사람한테까지 블랙 노동을 시키고 있고.

"정당방위다. 이 자식을 쓰러트릴 거야. 리타도 불만 없지."

"귀여운 애가 있잖아. 조그맣잖아. 완전히 내 취향이거든."

"그런 얘기를 당당하게 하면 잡혀가니까 조심하자."

"도와줘도 될까요, 주인님."

"좋아. 해치우자, 리타."

그리고—

으아아아아아아아아아아아. 싫다아아아아아아아!

더 이상일하고싶지않아아아아아아아.

우리를없애줘, 제발없애줘어어어어어어어.

"죽은 사람(고스트)한테까지 블랙 노동을 시키는 놈한테 혼쭐을 내주자!"

"예, 주인님!"

『흐하하하하하하! 평범한 검사와 수인 따위가 헛소리를!』

검은 갑옷은 목을 빙글빙글 돌리면서 웃었다.

그것을 신호로, 고스트들이 움직였다.

『너희가 뭘 할 수 있는가?! 고스트는 마법검이나 마법이 아니면 없앨 수 없다!』

"에잇."

푸쉭~.

리타의 손에 닿은 고스트가 소멸됐다.

"에잇. 야. 하앗."

손날. 발끝. 뒤꿈치.

'신성력'을 두른 리타의 손발이 고스트들을 차례로 없애버렸다.

으으으으어어어어어아아아아아아.

고스트와 스켈톤이 겁을 먹었다.

리타의 스킬은 『신성력 장악 LV1』『신성 격투 LV5』『신성 가호 LV4』.

언데드에 대한 대미지는 증가. 언데드한테 받는 대미지는 감소.

그리고 『신성력 장악』으로 주는 대미지가 2배로 늘어나는 보너스까지 달려 있다.

『신성력』은 게임으로 말하자면 승려의 힘 같은 것이니까, 언데

드한테는 천적.

그걸 손발에 집중시킬 수 있으니—

"뭐라고 했지? 수인 따위가 뭐 어쨌다고? 잘 못 들었는데~?"

피숴, 뾰옹.

리타의 손발에 닿기만 해도 언데드들이 성불(?)했다.

"나기, 조심해. 한 마리 그쪽으로 갔어!"

으어어어어어어어어어어.

중년 남성으로 보이는 고스트가 내 쪽에 둥둥 떠 있다.

통통하고 동그란 안경을 썼다.

싫어어어어어어.

더이상은일할수없어.

이제한계야제발용서해줘어어어어어—.

원래 세계에서 아르바이트하던 곳의 사원인 타카스기 씨(37세) 같은 소리를 한다.

보는 내가 다 슬퍼지네. 에잇.

싹둑.

으어어어어어어어…. 아아. 이제, 쉴 수 있… 다…….

검으로 벴더니 타카스기 씨(37세 가칭)가 허무하게 사라져버렸다.

"…그러고 보니 레기도 마법검이었지."

『너무해 주인님! 이 레기는 100년의 세월을 살아온 마법검이란 말이다?!』

마검 레기가 진동까지 울려가며 항의했다.

어쩔 수 없잖아. 최근에는 네가 사람 모양이 되고 야한 소리를 하는 깜짝 아이템처럼 굴었으니까. 하나도 마검 같지 않았거든.

『이해할 수 없다! 어째서 얌전히 죽지 않는가? 어째서 분위기 파악도 못 하고 저항하는가?!』

검은 갑옷이 뭐라고 짖어댄다.

『이 몸은 이 소녀를 납기까지 전해야 하는 사명을 띠고 있는데! 네놈들은 대체 누구냐?!』

"지나가던 치트 캐릭터와 그 주인님이다, 왜?"

『이해 불능 사라져라, 사라져라, 사라져라!』

검은 갑옷이 붕, 하고 칼을 내리쳤다.

무겁다. 그리고 의외로 빠르다.

정면으로 상대하면 귀찮겠는데.

좋았어―.

나는 뒤로 물러나서, 나한테 스킬 두 개를 인스톨했다.

이 상황을 편하게 헤쳐나갈 수 있는 스킬을 만들어보자.

이번처럼 누군가가 일시적으로 전선에서 이탈한 상황을 고려하면, 전투용 스킬이 하나쯤 더 있는 게 좋겠지.

"리타, 미안해. 30초만 시간을 벌어줘."
"알았어, 주인님!"
고스트와 스켈톤을 처리한 리타가 갑옷의 어깨에 돌려차기.
그 충격에 갑옷이 소녀를 떨어트리자, 재빨리 받아냈다.
『주인께서 정하신 사명을 방해하지 마라—!』
검은 갑옷이 소리쳤다.
『이 몸이 소녀 납치의 납기를 지키게 하라아아아아—!!』
"귀여운 애는 납치하는 게 아냐! 사랑해주는 거야!"
리타는 착지하는 동시에 다시 도약. 갑옷하고 거리를 벌렸다.
"소녀란 꽉 하고 콕콕하고 포동포동하기 위해서 있는 거야! 그걸 모르는 놈은 다시 배우고 오라고!"
리타가 검은 갑옷(리빙 메일)의 주의를 끌어주는 사이에, 나는 『능력 재구축 LV3』을 기동.
사용할 스킬은 정해져 있다.

『검술 LV2』
(1)『검이나 도』로『주는 대미지』를『늘리는(10%+LV×10%)』 스킬

이건 아까『달인 고블린』이 드롭한 스킬.

『시궁창 청소 LV1』
(2)『더러운 물』을『청소 도구』로『밀어내는』 스킬

이쪽은 '서민 길드'에서 아이네가 준 것.
이 개념과 이 개념을 바꾸면, 자.

"실행! 『능력 재구축 LV3』!"

—좋았어. '재구축' 완료.
"리타, 수고했어. 교대하자."
나는 스킬을 발동. 검은 갑옷 앞으로 나섰다.
녀석이 검을 내리치는 타이밍에 맞춰서 스킬을 발동했더니.

슈릉.

『—뭣이?!』
검은 갑옷의 대검을, 마검 레기가 흘려냈다.
원을 그리며, 부드럽게 막아내는 것처럼.
『오오. 이건 무엇인가, 주인님!』
정작 레기가 깜짝 놀랐다.
『검이 부딪쳤는데— 충격조차 느껴지지 않았다! 이렇게 사용된 건 처음이다!』
"응, 나도 이렇게 써본 건 처음이야. 영차."
나는 검을 받아낸 기세를 이용해서 검은 갑옷을 향해 마검을 휘둘렀다.
『그런 공격은 맞지 않는다! 이 몸은 주인의 이능에 의해 만들어진 마법 생물이기에!』

갑옷은 슥, 하고 몸을 뒤로 빼서 공격을 피했다.

이 녀석의 공격 방법은 대충 알았다.

검은 갑옷의 무기는 길이 1.5미터짜리 대검. 그걸 무작정 힘으로만 휘두를 뿐이다.

받아내면 자세를 무너트릴 수 있다.

녀석이 다음에 검을 휘두를 때까지 내가 마검 레기를 휘두를 수 있는 회수는 두 번에서 세 번.

이 정도라면 콤보가 성립되겠지만, 혹시 모르니 한 번 더 시험해보자.

『우연히 이 몸의 공격을 피했다고 까불지 마라— 아니?!』

슈릉!

갑옷이 또다시 휘두른 검을, 마검 레기가 부드럽게 받아내고. 흘린다.

놈의 자세가 무너졌을 때, 내가 마검을 휘두른다— 피한다.

응. 이만하면 되겠네.

『어설프다, 어설퍼! 흘려내는 것뿐인가?!』

“그래.”

왜냐하면 내가 만든 건 그러기 위한 검술이니까.

『유수(柔水) 검술 LV1』 (R)레어

『검이나 도』로 『주는 대미지』를 『밀어내는』 스킬

적의 도검 공격 전반을 물처럼 흘려내고 다시 밀어낼 수 있다.

이건『검술』과『시궁창 청소』의 장점을 믹스한 완전 방어형 스킬이다.

적의 공격에 맞춰서 검을 내밀기만 하면 공격을 흘려내 준다.

『흘려내는 기술은 훌륭하다! 허나, 그래서는 이길 수 없다.』

슈룽.

흘려낸다. 그 직후에 나는『유수 검술』의 스킬을 해제. **공격으로 전환한다**.

마검을 휘두른다. 피한다. 다시 한번 휘두른다. 역시 맞지 않는다.

『네 공격 범위는 이미 파악했다. 헛수고다!』

"그렇단 말이지. 그럼 **해방**『지연 투기 LV1』이다."

『—뭣이?』

마검 레기가, 늘어났다.

헛스윙 두 번 만큼의 공격력과 공격 범위 가산. 칼날이 15% 정도 길어졌다.

마검 레기의 칼날이 검은 갑옷에 박히고, 갈라버렸다.

『그아아아아악?! 거, 검이 늘어났단, 말인가?!』

"글쎄. 잘 모르겠네. 잘못 본 게 아닐까~?"

『크윽!』

갑옷이 소리쳤다. 강철 팔을 들어 올리고, 바로 칼을 내리쳤다.

나는『지연 투기』를 해제.『유수 검술』로 받아냈다.

슈룽, 슈룽, 슈룽.

검은 갑옷의 공격을 흘려낸다. 상대의 자세가 무너진다. 그럼 『지연 투기』, 발동.

부웅.

『네 공격 범위는 간파했다. 안 맞는다!』

검은 갑옷이 거리를 벌린다.

그럼 이쪽은 앞으로 네 번은 휘두를 수 있겠네.

다섯 번째에 『지연 투기』를 해방하고. 에잇.

『그런 거리에서 검을 휘둘러서 어쩌자는 끄악————!』

검은 갑옷이 날아갔다.

그러니까 『지연 투기』는 검이 늘어난다니까.

레기는(야하지만) 마법 검이라서 날이 아주 잘 든다.

『크, 어어억. 만들어진 상위 생물인 이 몸의 몸이—이럴 수가.』

검은 갑옷의 상처에서 뿜어져 나온 건 피가 아니라 걸쭉한 젤 상태의 무언가.

인간이 아니다. 언데드도 아니고. 뭐야 이 녀석은.

『뭐, 뭐냐 네놈은. 대체 뭐란 말이냐! 이해 불능, 이해 불능, 이해 불능——.』

검은 갑옷이 뒷걸음질 친다.

나는 마검을 계속 휘둘렀다.

『아, 안 되겠다. 고스트들이여, 지원하라. 이놈을 죽여라, 죽여라, 죽여라! —아.』

빠악.

검은 갑옷의 뒤통수에, 리타가 공중에서 돌려차기.

"목격자를 없애라고 한 건 너니까, 똑같은 짓을 당해도 불만은 없겠지?"

리타는 그대로 공중제비. 갑옷의 등을 걷어차고 이탈.

검은 갑옷이 내 앞에서 무릎을 꿇었다.

나는 스킬을 해방했다.

"해방 『지연 투기 LV1』(휘두르기 8회분)."

검은 갑옷이 날아갔다.

그렇구나. 『유수 검술』과 『지연 투기』의 콤보는 이런 느낌이네.

이번에 사용한 스킬

『유수 검술 LV1』

『시궁창 청소』와 『검술』의 장점을 겸비한 스킬.

적의 검을 물처럼 흘려낼 수 있다.

능유제강(能柔制强 부드러움이 강함을 제압한다)의 스킬이지만, 받아낼 수 있는 건 검뿐.

까불다가 창이나 도끼를 든 상대한테 썼다간 꼬치가 되거나 두 쪽이 날 수 있으니 주의.

제2화 「온천 마을에서 노예와 느긋하게 보내는데 높으신 분이 접촉해왔다」

다음 마을에 도착한 나와 리타는, 경비병들에게 묘지의 부적이 부서졌다는 것과 쓰러진 병사들에 대해 말해줬다.

기절한 소녀는 리타가 업고 왔고.

작은 여자아이를 길바닥에 두고 올 수는 없다. 나는 그렇다 치고 리타는.

경비병들은 소녀를 알고 있었고, 소녀도 마을에 도착했을 때 눈을 떴다.

소녀는 이 마을의 별장에 와 있는 소녀고, 이름은 이리스 하페우메어.

성묘하는 중에 언데드와 검은 갑옷이 공격해왔고—그다음은 기억나지 않는다고 했다. 하지만 분명히 우리가 도와줬다고 증언해줬다.

그 뒤에 소녀는 다른 방에서 쉬기로 했고, 우리는 경비병 대기소에서 이렇게 설명했다.

『우리가 지나가는데 언데드가 소녀와 남자들을 공격했다.

고생은 했지만 간신히 소녀를 구출하는 데 성공했다.

묘지의 부적이 부서져 있는 걸 보고, 무서워서 마을까지 뛰어왔다.

자세한 사정은 모른다. 우와~ 정말 무서웠어요.』

—그렇게 설명했는데, 경비병들이 납득했는지 아닌지는 모르겠다.

하지만 현재로서는 그것을 부정할 요소가 없다. 무엇보다 우리가 구해줬다는 건, 이리스라는 소녀가 증언해줬으니까.

그렇게 해서 우리는 바로 풀려났다.

우리가 병사들 대기소에서 나왔을 때, 소녀의 관계자로 보이는 사람과 마주쳤다.

눈매가 날카로운 메이드 분과 집사 같은 남성이었다.

"저의 주인, 이리스 하페우메어 님을 도와주셔서 정말 감사합니다."

메이드 분은 그렇게 말하고 우리한테 고개를 숙였다.

나와 리타는 "아뇨, 어쨌거나 무사해서 다행이네요, 그럼"이라는 말을 하고 그 자리를 벗어났다.

자, 그럼.

다들 기다리고 있을 테니까, 우리도 여관에 가서 좀 쉴까.

경비병 대기소 바로 앞이 마을의 큰길이었다.

이 거리에 온 건 처음이지만, 기본적인 구조는 다른 곳과 크게 다를 게 없다.

커다란 문을 지나면 거기가 큰길. 노점들이 줄지어 있고, 물건을 사려는 손님들이 모여 있다.

온천 마을 리헬다는 관광지라서 그런지 음식 관련 가게들이 많다. 고기나 수프를 파는 노점에, 달걀이나 고기를 진열해놓은 노점도 있다. 길 한쪽에 대장간 간판도 걸려 있다. 여행하는 중에 망가진 무기 수리 전문인 것 같다. 스킬 크리스탈을 파는 가게는 없었다. 그야말로 여행의 중간지점이라는 느낌.

"여기 가게에서 파는 고기들은 오래됐네. 냄새만 맡아도 알아. 하지만 달걀은 괜찮은 것 같아."

노점에서 고기와 달걀을 보고 있었더니 리타가 작은 소리로 말해줬다.

"나중에 장 좀 봐줄래? 아이네랑 같이."

"알았어. 주인님이랑 세실을 위해서 영양 만점인 음식을 만들어야지."

리타는 자기한테 맡겨두라는 듯이 가슴을 두드렸다.

여관에서 음식을 해먹을 수 있으니까, 짐을 내려두고 바로 장 보러 가야지.

아이네한테 부탁하면 소화가 잘되는 음식을 만들어줄 테니까.

"그나저나 깨끗한 마을이네."

큰길을 빠져나와서 작은 돌다리를 건너니 여관 구역에 들어섰다.

리헬다는 '맑은 물의 마을'이라는 별명처럼, 마을 안에 여러 개의 깨끗한 개울들이 흐르고 있다.

그것이 마을을 여러 개의 구역으로 구분하고 있다고 했다.

개울에는 물고기가 헤엄치고, 물가에는 꽃이 피어 있다.

리타는 눈을 반짝거리고 있지만, 나는 어디선가 풍겨오는 유황 냄새가 신경 쓰였다.

"이 앞에 온천이 있는 건가."

"온천 마을이니까. 여행자들을 위한 온천이나, 조금 비싼 온천 시설도 있다던데?"

"휴식하기에 딱 좋은 곳이네."

다들 긴 여행을 하느라 지쳤으니까.

세실이 회복할 때까지 당분간 머무르는 것도 좋으려나.

"나기 씨! 리타 양!"

다리를 건너자마자 레티시아가 기다리고 있었다.

우리를 발견하고는 열심히 손을 흔들고 있다.

"다행이네요. 두 분도 무사했군요."

"우리는 문제없어. 리타가 같이 있었으니까. 세실은 어때?"

"지금은 아이네가 붙어 있습니다. 방은 이미 잡았고. 하루 동안 쉬게 하고 상태를 보죠."

"그렇구나. 그런 됐고."

"가능한 조용한 곳을 골랐습니다. 주인에게 부탁해서 구석 쪽 방을 잡았고. 그 옆방까지 두 곳을 잡았으니까, 세실 양도 푹 쉴 수 있을 겁니다."

역시 대단하네. 자작 가문 사람답게 세상 사는 요령이 좋다.

"고마워. 레티시아가 같이 있어서 다행이야."

세실은 당분간 움직이지 않게 하는 쪽이 좋겠지.

생각해보니 처음 만나서 지금까지 계속 이동만 했으니까.

환경 변화는 꽤 큰 부담이 되니까. 내 경험에서 하는 말이지만.

친척 집을 전전하던 시절에는 집이나 학교에 적응할 때까지 계속 긴장했었다.

역시 한곳에 정착하는 쪽이 신체적으로도 정신적으로도 편해.

“고마워. 이 빚은 언젠가 갚을게.”

“저는 별장을 당신에게 넘기는 데 필요한 일을 하고 있을 뿐입니다.”

레티시아는 쑥스러운지 고개를 옆으로 돌렸다.

“그리고, 저는 당신의 노예는 아니지만 친구이기는 합니다. 아이네가 노예가 돼서도 계속 제 친구인 것처럼, 세실 양이 그 누구라 해도 소중한 파티 멤버라는 점에는 변함이 없습니다.”

정말 좋은 사람이구나, 레티시아.

그 누구라 해도—‘세실이 마족이라도 신경 쓰지 않는다’고, 굳이 언급하지 않고도 말해줬다.

여기까지 오는 중에 세실이 ‘동료 두 분께 정체를 숨길 수는 없어요’라고, 레티시아와 아이네에게 자기가 ‘마족’이라고 말했을 때도 깜짝 놀랄 정도로 태연했으니까.

레티시아는 ‘제가 모르는 누군가가 남긴 「마족」에 대한 무서운 전설보다, 눈앞에 있는 상냥한 소녀를 믿습니다’—라고, 간단히.

아이네는 ‘그게 어쨌는데? 세실은 나 군의 소중한 노예잖아?’—라고, 딱 잘라 말했다.

내가 ‘다른 세계에서 온 「내방자」’라는 얘기를 했을 때의 반응도—

'역시 나군이야! 대단하네!'

'……나기 씨한테 놀라는 건 시간 낭비입니다.'

—였고.

두 사람이 동료가 돼서 정말 다행이야.

"그래서, 방 배정 말인데."

레티시아가 어깨를 으쓱거리고 계속해서 말했다.

"제가 세실 양과 아이네의 주인이라는 것으로 해서 방을 잡았습니다. 나기 씨는 리타 양과 같은 방을 써주세요. 딱히 문제는 없겠죠?"

"응. 아무 문제없어."

"와, 와우?! 으, 응. 아, 아~무, 무, 문제없거든!"

"? 그리고 두 분, 꽤나 늦으셨군요? 무슨 일이라도 있었나요?"

"납치당할 뻔했던 로리—아니, 소녀를 구하느라."

"……죄송합니다. 무슨 사정인지 모르겠군요."

"여자아이가 언데드한테 잡혀 있어서, 나랑 리타가 구해줬어."

녹색 머리카락의 작은 여자아이였다. 이름이—

"이리스 하페우메어, 였을 거야."

"하페우메어? 들어본 적이 있습니다만."

레티시아가 고개를 갸웃거렸다.

"분명 항구 도시 이르가파 영주의 일족 중에 그런 이름이 있었던 것 같습니다만."

짝, 하고 손뼉을 치고, 레티시아가 말했다.

여관에 들어가서 짐을 내려놓고, 나는 세실의 상태를 보러 가기로 했다.

옆방 문을 노크했더니 문이 열리고 아이네가 나왔다.

"기다렸어."

그렇게 말하고, 아이네가 상냥하게 미소를 지었다.

"오래 기다렸지, 세실. 약이 왔어."

"……약?"

"나 군 얼굴을 보는 게, 세실한테는 제일 좋은 약이잖아?"

그렇게 말하고, 메이드복 차림의 아이네가 짓궂게 웃었다.

방에는 침대가 두 개 있고, 안쪽 침대에 세실이 누워 있다.

입고 있는 건 메테칼에서 산 얇은 잠옷. 땀을 흘린 탓인지 살에 달라붙어 있다. 누워 있어도 된다고 했지만, 세실은 비틀비틀 몸을 일으켜서 날 쳐다봤다.

"…폐를 끼쳤어요… 용서해 주세요, 나기 님."

세실, 역시 안색이 안 좋네.

나는 침대로 다가가서 손바닥으로 세실의 이마를 만져봤다… 아직 꽤 뜨겁네.

"열이 내려갈 때까지 푹 쉬어, 세실."

"예, 나기 님… 각오는, 하고 있어요."

세실의 작은 손이 이불을 꼭 쥐었다.

"각오라니?"

"나기 님한테 거치적거리는 짓을 했으니까, 저는 벌을 받아야 해요."

아, 그런 얘기구나.

가끔씩 잊어버리지만, 세실은 내 노예였지.

“하지만… 부디. 부탁드려요.”

세실은 눈물을 글썽거리면서 날 바라봤다.

우리 파티에서는, 병가는 무조건 받을 수 있게 돼 있다. 그건 분명히 말했는데 말이야. 세실한테 주종 계약은 또 다른 취급인 걸까.

“저, 저는… 뭐든지 할게요. 부디… 나기 님 곁에 있게만 해주세요….”

“응. 그럼 벌로, 세실은 내 바캉스에 같이 가줘야겠어.”

“‘바캉스’ 말인가요?”

눈물을 글썽이는 세실이 무슨 말인지 모르겠다는 표정을 지었다.

“우리 민족은 온천을 아주 좋아해서, 온천 지역에 가면 몸을 푹 담가야 한다는 룰이 있거든.”

좋은 느낌이다, ‘바캉스’라는 말. 원래 살던 세계에서는 인연이 없었지만.

“이 마을은 물도 공기도 깨끗하니까, 당분간 쉬면서 지내는데 좋겠지? 나도 다른 세계에서 온 뒤로 계속 여행만 했잖아. 그래서 좀 푹 쉬었다 갈까 싶었거든.”

“…나기 니임.”

“그러니까 세실 몸이 좋아질 때까지 여기서 묵어도 좋을 것 같더라고. 아니, 미안해. 내 취미에 맞춰달라고 해서. 미안하지만 주인님의 명령이니까 들어—어라, 왜 우는 거야?!”

뚝뚝뚝.

세실의 빨간 눈에서 커다란 눈물방울이 떨어졌다.

"정말 고맙습니다. 나기 님, 나기 니임."

"그, 그러니까 벌이라고 했잖아. 왜, 우리는 온천에 들어갈 건데, 세실은 열이 내릴 때까지 못 들어가잖아? 우리가 '진짜 기분 좋더라~'라고 하는 걸, 세실은 손가락만 빨면서 구경만 해야 돼. 꽤 힘든 벌이지? 나 같으면 바로 화를 낼 거라고!"

"예, 나기 님… 알겠습니다."

"아 진짜, 열이 올라가니까 흥분하지 말라고."

하는 수 없이 세실의 머리를 쓰다듬어줬다. 찰랑찰랑한다. 만지면 기분이 좋다. 이건 나한테도 상이지만, 이렇게 해주면 세실도 진정되는 것 같다.

"죄, 죄송해요, 나기 님…."

잠시 내 가슴에 매달려 있던 세실은, 얼굴이 새빨개져서 손을 놨다.

"……저, 저도 모르게… 너무… 기뻐서… 죄송해요……."

비틀, 비틀, 흔들리는 세실.

아, 역시. 열이 올라왔다.

얼굴도, 목도, 가슴께까지 땀에 흠뻑 젖었다. 몸을 씻어주고 옷도 갈아입히는 게 좋겠네.

"아이네, 세실 좀 부탁해도 될까?"

"알았어."

내가 말하자, 계속 문 옆에서 대기하고 있던 아이네가 고개를 끄덕였다.

손에는 막자사발과 약초. 바닥에는 더운물을 받아놓은 대야와 천. 갈아입을 옷도 준비해뒀다.

한 치의 빈틈도 없는 병간호 태세였다.

"아이네는 나 군한테만 봉사하는 게 아니야. 나 군의 파티 멤버는 전부 아이네의 봉사 대상이거든?"

믿음직하네, 우리 누나.

"세실이 '이제 됐어요, 용서해 주세요'라고 할 때까지 봉사해줄 거야."

"본인의 의지는 존중해줄 거지?"

"나 군 때는 '이제 됐어요, 용서해 주세요'라는 말도 못 하게 될 때까지 봉사해줄 거야."

"오히려 내 의지가 무시당하는 거야?!"

"당연히 농담이야."

"그렇겠지."

"지금은(소근)."

…뭔가 불온한 단어가 들린 것 같은데.

무서우니까 더 따지지는 말자….

나는 품에서 스킬 크리스탈을 꺼내서 아이네의 손 위에 올려놨다.

"아이네는 항상 청소 도구를 가지고 있지. 이 스킬이 딱 맞을 것 같아."

『오수(汚水) 증가 LV1』

『더러운 물』을 『청소 도구』로 『늘리는(10%+LV×10%)』 스킬

『유수 검술』이랑 같이 만든 스킬이다.

『용액 생물 지배 LV1』처럼 슬라임을 증가시키는 스킬이 되지 않을까 싶었는데, 아니었다.

역시 혼자서 만들면 치트급은 나오지 않는 것 같아.

"일단 실험은 해봤어. 오는 중에 물웅덩이가 있어서, 천 조각을 걸레 삼아서 적셔봤지."

"어떻게 됐어? 나 군."

"걸레가 조금 젖었어."

"스킬을 발동하니까 어떻게 됐어?"

"물웅덩이가 커져서 걸레가 흠뻑 젖었지."

해가 저물려고 해서 더 자세한 실험은 못 했지만.

효과 범위라든지 늘어난 물이 **어디에서 오는 걸까**, 라든지.

"나중에 쓸 데가 생각날지도 모르니까, 이 스킬은 아이네가 가지고 있어."

"고마워. 나 군."

아이네는 스킬 크리스탈을 보물처럼 두 손으로 감쌌다.

"나 군이 주는 건, 아이네한테는 전부 상이거든?"

"자세한 실험이 끝날 때까지는 쓰지 말고?"

"이걸로 나 군이랑 모두의 목숨을 구할 수 있는 상황이라도

일어나지 않으면, 괜찮아."

"물웅덩이를 크게 만들어서 모두의 목숨을 구할 수 있는 상황은 없을 것 같은데."

"인생이란, 무슨 일이 일어날지 모르는 법이야."

아이네는 음, 하고 팔을 걷어붙였다.

"아이네도 얼마 전까지는 이렇게 즐거운 여행을 할 수 있을 거라고는 생각도 못 했어. 지금 정말 충실한 기분이야. 세실은 '폐를 끼치네요'라고 하지만, 아이네는 오히려 기뻐. 나 군이랑 동료들한테 도움이 되는 게 말이야, 그치?"

"…아이네 언니."

침대에 있는 세실이 중얼거렸다.

"고맙습니다. 저도, 아이네 언니를 위해서는 뭐든지 할 거예요."

"응. 그럼, 봉사하게 해줄래?"

한 손에 천을 들고, 아이네가 손을 조물거렸다.

눈동자에 이상한 빛이 감돈다.

…….아이네의 봉사 스위치가 켜졌다는 신호다.

세실이 자기도 모르게 몸을 뺐지만, 아이네는 신경도 쓰지 않고 다가갔다.

"저기, 나 군."

"응."

"아이네는 지금부터 세실을 홀랑 벗기고 온몸을 빈틈없이 닦아줄 거야. 나 군은 밖에 나가 있는 거랑 여기서 구석구석까지 관찰하기, 어느 쪽이 좋아?"

아이네가 말했다.

나는 앞쪽을 선택했다.

뒤쪽은 세실이 좀 더 건강해진 뒤에.

레티시아가 잡아준 이 여관은, 모험자용보다 조금 더 고급이었다.

예를 들자면 상인이나 그 가족들이 묵는.

그래서 방음이 잘 돼 있다.

세실네 방에 가 있는 동안, 옆방의 목소리가 안 들렸던 건 그것 때문이고—

"어쩌지, 어쩌지…… 어떻게 해야 하지……."

내가 문을 연 것과 동시에 이상한 주문 같은 리타의 목소리가 흘러나왔다.

"……단둘이 같은 방에 묵다니…… 나기가 오면 뭐라고 해야 좋지……."

침대 건너편에서, 금색 꼬리가 뿅뿅 흔들리고 있다.

"……이런 건 처음이거든. 나기를 어떻게 맞이해야 좋지? 세실은 요양 중이고. 아이네는 세실을 돌보고 있고. 나 혼자 특별히 친해지면 안 되겠지.

"……저기, 리타."

"아, 하지만, 나기가 나한테 뭔가를 하고 싶다고 한다면?!"

엎드려 있던 리타가 벌떡, 일어났다.

"난 못 해…… 거절할 수가 없다고. 세실한테 뭐라고 해야 좋지? '리타 언니, 싫어'라고 하면? 그런 일이 일어나면 다시 일어날 수 없어…… 아아. 나, 어떻게 해야 좋지……."

데굴데굴데굴데굴.

파닥파닥파닥파닥파닥.

뿅뿅뿅뿅뿅뿅뿅.

방에 들어갔더니 수인 여자애가 데굴데굴 굴러다니고 있는데.

"그런데…… 오늘은 나기가 정말 멋졌어."

딱, 하고 회전 운동을 멈춘 리타가, 벽을 보면서 중얼거리기 시작했다.

"『지연 투기』로 그 갑옷을 간단히 날려버렸잖아…… 아아, 그래도 이런 걸 나 혼자 보는 건 너무 치사한 게 아닐까?! 하지만, 세실이랑 아이네한테 이 두근두근을 어떻게 전해줘야 하지?"

"아니, 리타도 같이 싸웠으니까, 치사할 건 없잖아."

"그치만 내 일은 전위에서 싸우는 거잖아. 그래서 나기랑 같이 싸우는 일이 많아지는 거고. 어쩔 수 없는 일이기도 하지만…… 아아, 진짜. 뭐야 이 죄악감은."

"신경 쓰지 말라니까."

"신경 쓰인다니까! 세실이랑 아이네도 소중한 노예 동료잖아!"

"그야 소중한 건 나도 마찬가지지만."

"그래, 소중해! 그래서 여자로서의 의리가 중요한 거야! 나기가 신경 쓰지 말라고 하는 건 기쁘지만— 어라? 나기?"

빙글.

벽을 보고 있던 리타가 180도 회전해서 이쪽을 봤다.

수인의 기척 감지 능력은 어디다 팔아먹었어.

"나기…… 있네."

"있지."

"주인님, 있어. 문, 열려 있어."

"열려 있네."

"언제부터?"

"리타가 데굴데굴 구르기 시작했을 때부터."

"——?!"

리타의 새하얀 피부가 머리부터 발끝까지, 순식간에 새빨개졌다.

"그건 그렇다 치고."

"뭐가 그렇다 치고야! 으아아아아앙."

리타는 머리를 쥐어뜯으면서 데굴데굴 굴렀다.

"내 말 좀 들어봐, 리타."

내 쪽으로 굴러온 리타를 손으로 멈추게 했다.

"사실은, 당분간 이 마을에 머물기로 했어."

"……뭐?"

"세실 몸이 좋아질 때까지—가 아니었지. 내 고향의 풍습 때문에."

나는 세실한테 했던 얘기를 리타한테도 똑같이 해줬다.

"―그러니까."

"그렇구나~ 세실이 울만도 했네. 그런 얘기를 들으면."

"아니, 어디까지나 내 고향의 풍습이니까."

"알았어요, 주인님. 그런 거로 해둘게요?"

"기본적으로 내가 하고 싶은 걸 하는 거니까."

원래 세계에서는 먹고살기 위해서 하고 싶지도 않은 일을 했으니까.

이쪽 세계에서는 하고 싶지 않은 일은 안 하기로 정했다.

"저기…… 주인님."

리타는 방바닥에 무릎을 꿇고 앉았다.

입을 꾹 다물고, 분홍색 눈동자가 날 똑바로 보고 있다.

"나, 나기를 위해서라면 죽을 수도 있거든?"

"리타 너까지?!"

분명히 세실도 내가 죽으라면 죽는다고 했었지.

왜 이쪽 세계 여자애들은 금세 나한테 인생을 맡기려고 드는 거지?!

"나기…… 아니, 주인님. 내가 있을 곳은 여기야. 주인님 곁이, 내가 제일 행복한 곳이야. 주인님이 날 받아준 그때부터…… 계속, 가슴 속이 따뜻해. 이 행복을 지키기 위해서라면 뭐든지 할 수 있어…… 아니, 하고 싶어."

리타는 자기 가슴에 손을 얹었다.

쑥스러운지 동물 귀를 눕히고, 리타가 웃었다.

"그, 그러니까 나, 주인님이 하는 거라면, 전부…… 받아들일 테니까. 리타 멜페우스는 주인님 거니까. 그것만은, 기억해 줘…… 알았지.”

그렇게 말하면서, 리타의 몸이 떨리기 시작했다. 고개를 숙이고, 눈을 살짝 치켜뜨고 날 쳐다본다. 얼굴에서 김이 나는 게 아닌가 싶을 정도로 새빨갛다. 그런 표정을 지으면 나까지 쑥스러워지는데 말이야—

“나기… 내 주인님. 날 행복하게 해준 세상에서 제일 소, 소, 소중… 으으, 안 돼, 역시… 한계야!”

두 손으로 얼굴을 가린 리타가 벌렁, 자빠졌다.

“……한계야아아. 이런 건 못 해… 창피해… 창피해 죽겠어어.”

나도 한계다.

리타는 가끔씩 진지한 얘기를 한다니까.

나는 다 같이 데굴데굴할 수 있는 미래에 도달할 때까지, 무리하지 않고 온몸의 힘을 빼고서 열심히 할 생각이다. 세실도 리타도 아이네도, 나한테는 가족이나 마찬가지니까, 모두가 원하는 한은 같이 있을 거고.

사실 가족을 만드는 건 생활 기반이 안정된 다음에 하고 싶었는데 말이야. 그렇지 않으면 내 부모님처럼… 뭐, 그건 됐고.

문제는 아직 산더미처럼 남아 있으니까. 너무 먼 미래까지 생각해봤자 소용없어.

“리타도, 하고 싶은 게 있으면 말해도 되니까.”

심호흡을 해서 진정하고, 주인님 같은 투로 말했다.

“난 문명사회에서 온 주인님이니까. 노예가 원하는 건 가능한 들어줄 생각이야."

"주인님… 정말로?"

새빨개진 얼굴을 손으로 가리고 있던 리타가, 손가락 틈새로 날 쳐다봤다.

"응. 뭐든지 말해봐."

"그럼, 사양 않고."

스륵.

리타는 금색 머리카락을 한 손으로 누르고, 얼굴을 가까이 들이댔다.

킁킁, 킁킁킁.

내 목에 얼굴을 묻고, 킁킁 소리를 냈다.

—저기.

"……주인님 냄새 보급이야. 하루에 한 번은 이걸 해야 잠이 잘 와."

"아니, 이제 겨우 두 번째잖아?"

"……."

왜 눈을 피하시나요, 리타 씨?

"나기는…… 한 번 잠들면 안 깨지……."

"리타 멜페우스여. 내가 자는 사이에 무슨 짓을 했는지 전부 고하도록 하거라."

반지의 강제력은 쓰고 싶지 않으니까 당장 자백하도록.

"…죄송합니다 주인님. 벌을 주세요."

"항구 도시 이르가파에 도착한 다음에~."

그랬구나~. 리타는 내가 자는 동안에 내 냄새를 기억하려고 했구나~.

정확히 말하자면 목이나 귀 뒤쪽이나 손바닥이 마음에 들어서, 10분 정도 킁킁킁킁 했다고. 복종하는 상대의 냄새를 원하는 건 수인의 습성이라고, 리타가 말했다.

앉아, 자세의 멍멍이 같은 포즈로, 새빨개져서.

뭐, 대단한 일은 아니니까 괜찮지만….

"다음부턴 내 허가를 받도록."

"알겠습니다 주인님… 사죄의 뜻으로 뭐든지 할게요. 저한테 뭔가 명령을 해주세요."

"응. 그럼 같이 장 보러 가자."

"…………너무 가벼워."

고개를 숙이고 있던 리타가 번쩍, 고개를 들었다.

"……난 엄청난 각오를 했는데, 나기 너무해. 그건 너무 가볍잖아."

"중요한 일이잖아? 내 호위 임무인데?"

"그렇긴 한데. 좀 더… 그러니까…."

"그러니까?"

"아, 아무것도 아냐! 그 얘기는, 나기는 아직 위험할지도 모른다고, 그렇게 생각한다는 거지?"

"혹시 모르니까 말이야. 그 '검은 갑옷'을 부리던 녀석이 어디선가 우리를 보고 있었는지도 몰라. 그러니까 리타가 주위가 안전한지 확인해줘. 난 이 마을 지형을 파악하고, 만약의 경우에 탈출할 경로를 확보해둘 테니까."

그리고 그 소녀, 이리스 하페우메어도 신경이 쓰이고.

레티시아한테 다시 확인해봤더니, 하페우메어는 항구 도시 이르가파 영주 일족과 관련된 집안이라고 했다.

정확히 말하자면 이르가파 영주 측실의 성이라는 것 같고.

레티시아의 어머니가 이르가파 영주와 먼 친척이라는 것 같아서, 어릴 적부터 그런 이야기를 들었다고 했다.

자세한 집안 사정까지는 레티시아도 모른다고 했지만.

"그 아가씨가 우리한테 접촉해올 가능성도 있으니까."

"그때는 사정을 아는 내가 같이 있는 게 좋다는 뜻이야?"

"그런 뜻이야."

납득한 것 같다. 리타는 턱에 손을 대고 몇 번이나 고개를 끄덕였다.

"알겠습니다 주인님. 호위 임무를 맡도록 하겠습니다."

"그리고, 온천이 어디 있는지도 확인해두고 싶고."

"…나기는 진짜 목욕을 좋아하는구나…."

어쩔 수 없잖아, 일본인이니까.

원래 세계에서는 온천 여행하러 갈 여유 따윈 없었고.

이세계에서 온천 마을에 왔으니, 이럴 때 푹 쉬고 싶다고.

그렇게 해서, 나는 리타와 함께 여관에서 나왔다.

그리고 여관 앞에서 눈매가 날카로운 메이드 분과 만났다.

"아까는 인사도 못 드려서 정말 죄송했습니다."

길 한복판에 서 있던 메이드 분은 나와 리타에게 고개를 깊이 숙였다.

"저는 이리스 하페우메어 님을 섬기는 자로, 이름은 마틸다라고 합니다."

이거, 매복한 거지.

나는 혹시 몰라서 스킬을 준비.

메이드 분이 고개를 들기 전에 리타한테 눈짓을 했다.

주위에 적이 있는지 확인해달라고 했는데, 돌아온 건 부정하는 신호. 이 메이드 분 혼자고, 같이 온 사람은 없다. 최소한, 적개심을 가진 인간은.

"이리스 님이 귀하를 모시고 꼭 예를 다하고 싶다고 말씀하십니다. 부디 저택까지 동행해 주시겠습니까."

고개를 든 메이드 분이 우리를 보면서 말했다.

"저희가 대단한 일을 한 것도 아니니까 마음만 감사히 받겠습니다."

슬쩍 거절해봤다.

일단 이걸로 반응을 보자.

"귀하의 동료 분 중에 몸이 안 좋은 분이 계신 것 같더군요."

…그렇게 나왔나.

빠른데. 이쪽의 정보도 벌써 다 수집했나.

"그걸 어떻게?"

"여관 주인한테 슬쩍—아니, 풍문으로 들었습니다."

메이드 분의 손에서 짤랑, 소리가 났다.

자세히 보니 은화가 슬쩍 보였다.

그렇구나. 판타지 세계의 여관에는 개인 정보 보호라는 개념이 없구나. 그렇구나~.

"여러분께 본 가문이 소유한 예비 별장을 빌려드릴까 합니다. 이런 싸구려—실례했습니다, 사람들이 많이 드나드는 곳에 계신 것보다는 편하지 않을까 싶습니다만."

……그렇구나.

조건은 나쁘지 않아.

귀족의 저택이라면 보안 측면에서도 여관보다 확실할 테고.

만에 하나 검은 갑옷의 일당이 쳐들어온다고 해도, 아가씨네 병사들도 있다는 게 고맙고. 여관에서는 방 주위를 포위당하면 끝장이지만, 별장 자체를 빌릴 수 있다면 그걸 이용해서 농성할 수도 있고.

그리고… 역시 여관보다는 조용하니까 세실도 편하게 쉴 수 있을 거야.

하지만, 신경 쓰이는 점도 있다.

"어째서 그렇게까지 해주시는 거죠?"

귀족이라면 좀 더 거만한 사람들이라고 생각했는데.

지금까지 만난 귀족은—레티시아는 빼고—전부 그랬으니까.

"이리스 아가씨가 타인에게 관심을 가지는 것은 상당히 드문 일입니다. 그리고 거리 경비병들이 아가씨께 영주 가문의 명예를 걸고 은혜를 갚아야 한다는 쓸데없는 소리—아니, 흘러가는 모험자 분들이라고 해도, 도움을 받은 이상은 적절한 보수를 지불해야 한다고 생각합니다."

그렇게 말하고, 메이드 분은 품에서 『계약의 메달리온』을 꺼냈다.

"여러분을 잘 모실 것. 또한, 자유를 허락할 것, 이리스 님께서 『계약』을 해도 좋다고 말씀하셨습니다. 이르가파 영주의 딸 이리스 하페우메어 님의 이름으로, 부디 동행해 주시기를 부탁드립니다. 누군지도 모르는 모험자—아니, 은인 님."

제3화 「해룡 전설과 스피릿 링크」

나와 리타는 이리스 하페우메어의 별장 응접실에 와 있다.

이리스의 별장은 여관 구역에서 개울을 두 개 더 건너면 나오는 초고급 별장지대에 있다. 주위에는 넓은 정원이 있고, 그 바깥쪽에는 담장이 둘러싸고 있다.

세실과 다른 사람들이 있는 곳은 그곳에서 조금 떨어진, 서민들도 사용하는 별장지대다. 이르가파 영주 가문의 예비—정확히 말하자면 손님용 별장이 그곳에 있었다. 지금쯤이면 세 사람 모두 도착해서 쉬고 있겠지.

빈객 취급이라는 이유로, 마차를 타고 이동하게 해줬다. 우리가 요구한 게 아니다. 영주 가문의 딸 이리스 하페우메어는 우리한테 정말로 감사하는 건지, 마차 송영에 집사와 병사들을 딸려 보냈을 정도였다.

결국 나는 이리스 하페우메어의 제안을 받아들이기로 했다.

아직 그쪽을 완전히 믿는 건 아니지만, 현재 상황에서는 최선이라고 생각한다.

우리와 그쪽의 목적지는 같은 항구 도시 이르가파.

그렇다 보니 계속 접촉을 피할 수도 없다.

상대가 이쪽에 관심이 있다면 한 번 만나서 이야기를 끝내는 쪽이 좋다. 가능하다면 항구 도시 이르가파와 그 '검은 가옥'의 정보도 듣고 싶고.

그렇게 해서, 우리 눈앞에는 이리스 하페우메어와 메이드 마틸다 씨.

넓은 응접실이었다. 벽에는 용 그림이 걸려 있고. 학교 칠판 크기의 그림 속에 항구 도시 이르가파를 상징하는 것 같은 화물성과 바다, 그리고 파도 사이에서 춤추는 용의 모습이 그려져 있다. 이 세계에는 용이 실제로 있는 건지, 아니면 전설을 모티프로 삼은 걸까. 나중에 알아보자.

우리가 앉아 있는 곳은 등받이가 높은 목제 의자. 곳곳에 아름다운 조각들이 들어가 있다. 고급 의자지만 딱딱해서 엉덩이가 아프다. 리타는 계속 꼬물거리고 있고.

그런 우리를 흥미롭게 보고 있는 소녀가 이리스 하페우메어.

이르가파 영주의 딸 중에 하나고, 나이는 열두 살.

영주 지위를 이을 권리는 없지만, 다른 형제보다 우수해서 영주의 일을 돕는 일도 있다.

——여기까지가 레티시아한테 들은 이리스에 대한 정보다.

"다시 한번 인사드립니다. 이리스 하페우메어입니다."

이리스는 의자 옆에 서서 자연스러운 동작으로 인사했다.

작은 소녀였다. 커다란 눈으로 우리를 빤히 보고 있다.

녹색 머리카락에 금색 장식을 달고 있다. 입은 옷은 연녹색 드레스. 가슴 부분을 보석 장식이 달린 게, 한눈에 봐도 고급이라는 걸 알 수 있다. 이르가파 영주 가문은 항구 도시의 지배자고, 해운으로 이익을 얻고 있다는 것 같다. 이리스는 말 그대로 영주 가문 영애다.

"초대해주셔서 감사합니다. 저는 소마 나기. 이쪽은 리타 멜페우스. 노예지만 우수한 모험자고, 항상 저를 도와주고 있습니다."

"……초, 초대해주셔서 감사합니다."

우리도 자리에서 일어나 인사했다. 이런 정중한 말투는 익숙하지 않은데, 이상하진 않았겠지.

긴장된다. 높은 사람들 상대하는 건 힘들다.

원래 세계에서는 면접 훈련도 실컷 했고, 실제 면접도(압박 면접도 포함해서) 잔뜩 해봤는데… 그때 경험을 살릴 수 있으면 좋을 텐데 말이야.

기억을 끄집어내면 참고 정도는 되려나—?

『면접 LV5』

『상대의 에어리어』에서 『예의 바르게』『교섭하는』 스킬

——끄집어내려고 했더니 스킬이 각성했다.

이쪽 세계에 온 지 열흘 전후, 겨우 몸이 적응해서 원래 세계의 스킬을 떠올릴 수 있게 된 걸까.

뭐 됐고, 쓸 수 있는 건 쓰자.

"이리스가 위험한 상황에서 도와주셔서 정말 감사합니다."

이리스가 정면에서 날 똑바로 바라봤다.

——면접의 기본은 일단 눈을 피하지 않는 것. 시선은 약간 아래쪽으로. 입 꼬리를 올리고.

외투는 방에 들어오기 전에 벗었다. 의자 옆에 놓아뒀다. 손

가락은 똑바로 펴고, 바지 측면에 맞춘다. 허리를 곧게 펴고, 말은 너무 빨리하지 않게.

"저희는, 우연히, 지나갔을 뿐입니다."

내가 대답했다.

그리고 의자에 앉으라고 권해서 착석.

이쪽은 문을 등지고 있다. 하석이니까 문제없고.

"언데드로부터 이리스 님을 구해드린 것은 우연입니다. 자랑할 일이 아닙니다."

"경비병분들의 보고에 의하면 가도에 검은 갑옷의 잔해가 흩어져 있다고 하더군요."

이리스는 기어오르듯이 키가 큰 의자에 앉았다.

"어느 분이 쓰러트린 걸까요?"

"지나가던 용사가 아닐까요?"

"그렇군요. 그렇다면 그분은 신축하는 검을 가지고 계시겠군요."

떠보는 것처럼 묻는 이리스.

그렇단 말이지. 갑옷한테 잡혀 있을 때, 의식이 있었던 건가.

"기묘한 능력을 가진 사람도 다 있군요."

"모험자 소마 님이라면 짚이는 사람이 있지 않을까요?"

이리스는 이쪽의 능력에 대해 떠보고 있다.

하지만 나는 이리스한테 채용되고 싶은 게 아니다.

목적은 정보 수집과 만나서 이야기를 나누는 것뿐이다.

일단 실패하는 면접의 패턴으로 가자.

"글쎄요, 만나본 적이 없다 보니 모르겠군요."

잡아뗐다. 어떻게 반응할까.

"뵙고 싶었습니다. 이르가파 영주의 딸로서, 적절한 보수를 지불해야 했습니다."

이리스가 다시 떠본다. 정말로 보수가 필요 없냐고.

"보수가 필요하다면 직접 이리스 님께 요구하겠죠. 그러지 않았다는 것은 눈에 띄고 싶지 않은 이유가 있기 때문일지도 모르고."

"그렇다면, 그 의도를 받아들이기로 하겠습니다."

나는 끝까지 시치미를 뗐고, 이리스는 그것을 인정했다.

이걸로 우리는 능력을 숨기는 대신에 '검은 갑옷'을 쓰러트린 보수를 받을 권리를 포기하게 된다.

"하지만, 이리스를 언데드들에게서 구출해 주신 것은 틀림없는 일입니다. 그만큼의 예는 갖춰야겠지요."

의리 있네, 이리스 하페우메어.

원하는 보수를 묻고 있다. 채용 면접이었다면 '구인 공고에 명기된 시급대로'겠지만.

하지만 이번에는 의뢰를 받고 구해준 게 아니다. 멋대로 도와줬을 뿐이다.

권력자한테 안 좋은 인상을 주는 것도 귀찮으니까, 필요 최소한이면 되겠지.

"그럼, 두 가지 부탁을 드려도 될까요."

"말씀하시죠. 소마 님."

"힐러를 소개해주셨으면 싶습니다. 이르가파 영주 가문 정도 규모라면 호위하는 분들이 다쳤을 때 치유해주는 분이 계시지 않을까요?"

"있습니다. 지금은 언데드들에게 당한 자들을 치유하고 있습니다만."

"그 힘을 세실—저희 파티 동료를 위해서 빌릴 수 있을까요?"

"몸이 좋지 않은 분이 계시다고 했죠. 그렇다면 병사들의 치료가 끝나는 대로… 그러니까, 내일 밤쯤에 그쪽으로 가도록 하겠습니다. 또 하나는?"

"가사계 커먼 스킬을 가지고 계신다면 매입할 수 있을까요?"

이것은 예상 밖이었던 것 같다.

이리스는 눈을 깜박거리고 고개를 갸웃거렸다.

"이렇게 훌륭한 저택이니까요. 가사에 필요한 스킬 정도는 상비하고 계실 것 같아서 말이죠. 마침 노예한테 그런 스킬을 가르치고 싶었거든요."

그건 구실이고, 스킬 크리스탈을 보급하고 싶을 뿐이다.

'가사 스킬' 한정인 것은, 남의 집에 와서 '전투계 스킬'이라고 할 수는 없으니까. 그건 무기를 달라는 소리나 마찬가지잖아. 괜히 경계하게 만들고 싶진 않으니까.

"물론 적절한 대금은 지불하겠습니다. 어떠신지요."

"욕심이 없으시군요, 소마 님은."

"현재 거주지도 없고 무직인 몸이니까요. 보물을 받아도 둘 곳이 없습니다."

"조건은, 전부 받아들이겠습니다."

이리스는 즐겁다는 듯이, 입을 가리고 웃었다.

재미있네, 얘.

이쪽의 의도를 알아차리고, 자신이 그걸 알았다는 뜻을 전하고 있다.

"고맙습니다, 이리스 님."

"이리스는, 이렇게 즐거운 기분은 오랜만입니다. 그 『리빙 메일』에게 감사하고 싶을 정도로."

"대체 누구였을까요, 그 녀석은."

"관심이 있으십니까?"

"저희가 방해를 한 꼴이 됐으니까, 녀석의 동료한테 원한을 살 가능성도 있겠죠?"

아는 이리스의 눈을 보면서 살짝 고개를 끄덕였다.

"'모르는 이라 해도 같은 배에 탔다면 서로 도와라'—항구 도시 이르가파의 속담입니다."

이리스는 테이블 위에서 쥐고 있던 주먹을 펼쳤다.

긴장을 풀어준 것 같다.

"하지만, 짚이는 데가 너무 많아서 모르겠습니다."

"……예?"

"이리스의 아버지는 항구 도시 이르가파의 영주입니다. 해운, 무역, 모든 곳의 이익과 관련돼 있습니다. 몸값을 목적으로 한 유괴, 단순히 아버지에게 대미지를 주기 위한 짓. 그런 짓을 할 인간들은 얼마든지 있겠죠."

눈을 감고, 이리스는 긴 한숨을 쉬었다.

"이리스는 이 마을에, 어머니 성묘를 하러 왔을 뿐인데…."

“……큰일이네요.”

원래 세계였다면 부잣집 아이가 나쁜 놈한테 납치될 뻔했다는 얘기려나.

한숨이 나올 만도 하네.

“이리스 개인에게는 가치가 없습니다. 기껏해야 ‘제사’의 무녀를 맡는 정도밖에.”

“제사의 무녀, 말입니까?”

“이르가파에서는 매년 『해룡 케르카톨』을 모시는 제사를 올립니다. 이리스는 그 무녀입니다.”

『해룡 케르카톨』… 처음 들어보는 말이다.

이리스의 말에 의하면 해룡 케르카톨은 바다에 사는 드래곤의 일종이고, 이르가파의 수호신이라고 한다.

그 모습은 벽에 걸린 그림대로.

뱀처럼 긴 몸에 울퉁불퉁한 머리.

날개는 없고 긴 발톱이 있는 팔다리가 달려 있다. 내가 살던 세계의 동양 용 같은 모습이다.

해룡 케르카톨은 먼 옛날에 항구 도시 이르가파의 사람들과 『계약』을 맺었다고 한다.

『계약』의 내용은 무녀가 제사를 행하는 한, 해룡은 이르가파의 배를 지켜준다는 것.

그 덕분에 이르가파의 배는 마물들의 공격을 받는 일이 적다.

그래서 이르가파는 무역으로 번성했고 이리스의 집안도 발전

했다는, 그런 이야기였다.

"제사가 없어지면 해룡 케르카톨의 가호를 잃게 된다는 건가요."

"예. 이르가파의 사람들은 제사를 통해서 해룡과의 『계약』을 갱신하는 것입니다.

모든 일의 시작은 해룡 케르카톨의 딸과 인간 소년의 사랑 이야기였습니다…."

이리스는 눈을 감고, 노래하는 것처럼 이야기를 시작했다.

"먼 옛날, 해룡 케르카톨의 피를 이은 소녀와 인간 소년이 사랑을 했습니다.

소년은 해룡의 딸과 『혼약(魂約 인게이지)』을 맺고, 새로운 체력과 능력을 각성합니다.

해룡은 소년에게 시련을 주고, 소년은 해룡의 천적을 쓰러트렸습니다.

소년의 힘을 인정한 해룡은 앞으로 이르가파의 배를 지켜주겠노라 『계약』을 맺었습니다.

그리고 해룡의 딸과 소년은 정식으로 『결혼(結魂 스피릿 링크)』를 하고, 항구 도시 번영의 초석이 됐지요—."

"『혼약』과 『스피릿 링크』인가. 로맨틱한 얘기네~"

내 옆에 있는 리타가 황홀한 표정을 지었다.

"……실제로 있었던 일이야? 그냥 전설인 줄 알았는데."

"……실제로 있는 의식이야. 전설의 영역이긴 하지만."

리타가 내 귀에 입을 대고 가르쳐줬다.

"『혼약』과 『스피릿 링크』는, 보통 약혼이나 결혼하고 다른 건가?"

내가 묻자, 리타는 고개를 살짝 갸웃거린 뒤에,

"조금 달라. 결혼이라는 건 '살아 있는 동안 같이 있자'는 약속이잖아? 『스피릿 링크』는 그 상위 판이야."

"세이크리드한 결혼이라든지, 얼티밋한 결혼 같은 느낌?"

"…그건 잘 모르겠지만, 아무튼 엄청나게 강한 약속이야. 『스피릿 링크』는 혼을 묶어서 내세에도 그다음 생에서도 같이 하자고 맹세하는 거야. 『혼약』은 그 약속을 하는 거고. 많은 의식을 뛰어넘어서, 서로가 아주 깊이 맺어지는 거지. 혼을 공명시켜서 체력을 크게 회복한다든지, 새로운 스킬을 각성한다든지 한다는 것 같아."

"리타는 어떻게 하는지 알아?"

"아니. 오래된 의식이니까. 그리고 종족에 따라서 방법이 다르지 않을까."

서로의 혼을 공명시켜서 연결하고, 크게 회복하고 능력을 각성시키는 의식이란 말이지…….

……재미있네.

"『스피릿 링크』 의식이 관심이 있으십니까?"

이리스가 입술만 움직여서 웃었다.

"저는 동방의 섬나라에서 살았던 탓에, 이쪽 지방의 전설이나 지식을 잘 모릅니다. 재미있는 의식이군요. 큰 회복 효과에 스킬 각성인가요.”

“오래된 의식입니다. 이미 전설의 영역이죠.”

“다른 종족과도 가능하다는 건, 혹시 노예하고도 『스피릿 링크』가 가능하다는 건가요?”

“이상한 질문을 하시는군요?”

“그런가요?”

“가능할 것 같기는 합니다만, 전생한 뒤에도 주종 『계약』이 계속된다는 보장은 없습니다만?”

“그건 전혀 상관없습니다.”

“……그렇군요. 그럼, 자세히 알고 싶으시다면 나중에 자료를 빌려드리겠습니다.”

이리스는 한순간 멍한 표정을 지었지만, 바로 진지한 얼굴로 돌아왔다.

“부탁드립니다. 앞으로 갈 도시에 대해 알고 싶다 보니.”

나도 면접용 얼굴로 대답했다.

“알겠습니다. 돌아가실 때까지 준비하겠습니다. 그나저나…….”

이리스는 이야기를 끝나고 안심했는지, 어깨에서 힘을 뺐다.

이리스는 열두 살. 원래 살던 세계라면 초등학교 6학년이다.

검은 갑옷과 언데드한테 습격을 받고, 이렇게 처음 보는 사람과 이야기하고—생각해보면 정말 대단하네.

이쪽도 몸에서 힘을 뺐다. 면접은 끝. 이제부터는 잡담 패턴이다.

"소마 님은 재미있는 분이군요."

이리스는 호기심 가득한 어린아이 같은 얼굴로 나를 봤다.

"그런가요?"

"욕심이 없는 것 같으면서도 정보에는 탐욕. 『노예』와의 『스피릿 링크』에 관심이 있는 것 같지만, 주종 계약에는 집착하지 않고. 그리고… 노예 분과의 사이에 신분을 뛰어넘은 신뢰 관계가 있는 것 같습니다."

"저는 '치트 캐릭터', 아니—그러니까, 모험자치고는 약한 편이니까요."

이리스의 눈을 마주 보며 어깨를 으쓱거렸다.

"『계약』을 맺었어도 노예인 그녀들에게 의지하고 있는 입장입니다. 당연히 신뢰해야겠죠."

솔직히 말하자면 누가 더 뒤쪽 입장인지 따위는 아무래도 상관없다.

'주종 계약'을 맺었다고 블랙한 주인님이 되는 일이 없으려고 노력한다. 모두의 스킬을 살릴 수 있게 일을 한다. 맡길 수 있는 일은 맡긴다. 자유 의지를 소중히 한다.

이세계 초보자 주인님이 할 수 있는 일은 그 정도밖에 없으니까.

——라고 말해봤자 이쪽 세계의 주민인 이리스한테는 통하지 않을 테니까, 정리하자면.

"아무튼, 제게 그녀들은 노예이면서 소중한 동료이기도 합니다."

"…………그렇군요."

이리스는 홍차를 마시면서 나와 리타를 보고 고개를 끄덕였다.

"……노예가 소중하다—그런 말씀이신가요. 그 신뢰 관계가 있었기에, 그런 신기한 스킬을 쓸 수 있는 건지도 모르겠군요—정말로, 재미있…… 아니, 그걸론 부족하겠군요…… 이 분은."

작은 소리로 중얼거리는 이리스. 나는 절반밖에 못 알아들었다.

리타라면 알지도 모르겠지만, 이쪽은 얼굴이 새빨개져서 굳어져 버렸다. 그리고 꼬리 너무 흔든다. 소리가 들릴 지경이잖아.

"이리스 님. 슬슬 시간이."

옆에 있던 메이드 마틸다 씨가 말했다.

"모험자 여러분, 저희 이리스 님을 구해주셔서 정말 감사합니다. 하지만 여러분의 도움을 받을 일은 더 이상 없을 것으로 생각됩니다."

말투는 정중했지만 목소리는 무서울 정도로 밋밋했다.

역시 이 사람은 환영하지 않는 것 같다. 뭐 상관은 없지만.

"조금 전에 이르가파로 파발을 보냈습니다. 빠르면 이틀 뒤에는 이리스 님을 지켜드리기 위한 부대가 도착합니다. 그들이 도착하면 저희는 이르가파로 향할 것입니다. 또한, 그동안에는 이 거리에 주재하고 있는 모험자를 고용해서 저택의 방비를 맡길 예정입니다. 검사, 마법사 등등 총 30명이 넘을 예정입니다.

"…완전절대무적 방어태세네요…."

엄청난 부자네. 이르가파 영주 가문.

중세의 무역은 돈을 엄청나게 버는 일이었다고, 세계사 시간에 배운 것도 같고.

하긴, 내가 낄 자리는 아닌 것 같네.

"저희도 이리스 님이 가시는 전후로 이르가파에 갈 예정입니다."

우리는 자리에서 일어났다.

필요한 정보는 교환했으니까, 면접은 여기서 끝인 걸로.

"『해룡 제사』를 무사히 치르시길 빌겠습니다."

"기다리십시오!"

이리스가 덜컥, 의자를 흔들면서 일어났다.

"이리스는 여러분께도 호위를 의뢰하고 싶습니다. 부디 모험자들의 중심이 돼서 이리스를 지켜주실 수 있겠습니까?"

드레스 자락을 꼭 쥐고, 이리스는 나와 리타를 똑바로 쳐다봤다.

용어 해설

『해룡 케르카톨』

바다에 사는 용의 일종이며 항구 도시 이르가파의 수호신.

수백 년 전에 이르가파 사람들과 『계약』을 맺었다는 전설이 남아 있다.

『해룡 제사』는 그 딸의 자손이 살아 있다는 것을 해룡에게 알리기 위한 것. 의식 자체는 비밀의 장소에서 행해지지만, 그동안 도시에서는 먹고 마시는 잔치가 벌어진다.

또한 의식을 볼 수 있는 것은 해룡의 무녀가 선택한 사람들뿐.

제4화「나기로부터 세실에게, 사소한 부탁」

이리스는 우리에게 고개를 깊이 숙였다.

농담은 아닌 것 같네.

“우리가, 중심이 돼서?”

“예. 여러분이 이리스를 지키는 최후의 보루가 되어 주셨으면 합니다.”

“…동료 마법사의 몸이 좋지 않아서, 전력이 엄청나게 감소한 상태입니다.”

현재 세실은 마법 사용 불능. 아이네가 세실을 병간호해주고 있다.

고대어 마법을 쓸 수 없다는 걸 생각해보면, 전력은 평소의 절반 이하다.

“그리고 30명이 넘는 모험자가 이리스 님을 호위한다면, 저희가 있어봤자 큰 차이도 없을 것 같습니다.”

“그래도 부탁드리고 싶습니다.”

이리스는 물러나지 않았다.

“어째서죠?”

“이리스가 여러분을 ‘이해할 수 없기 때문’입니다.”

“‘이해할 수 없기 때문’에?”

“항구 도시 이르가파에 이런 속담이 있습니다. ‘물에 빠진 사람을 구하려면 짐을 하나 버릴 각오를 해라’—그만한 메리트가 없으면 다른 사람을 구해줘서는 안 된다는 뜻입니다.”

"엄청난 합리주의네요……."

"그런데 소마 님이 이리스를 구해준 보수로 바란 것은 정말 사소한 것이었습니다. 이리스는 그것을 이해할 수가 없습니다."

그런 말을 해도 말이야.

리타가 이리스를 구해주자고 했던 건, 리타가 어린 애들을 좋아해서 그냥 둘 수 없었기 때문에. 내가 그걸 허락했던 건 죽은 사람한테까지 블랙 노동을 시키는 놈한테 화가 났고, 축 늘어져 있는 이리스를 보고 열이 나는 세실이 생각났기 때문에.

물론 어린아이 유괴를 보고 그냥 넘어갈 수 없기 때문이기도 했지만.

하지만… 그렇게 설명해봤다 이해하지 못하겠지.

"이해할 수 없는 건, 서로가 사는 세계가 너무 다르기 때문이라고 생각합니다."

"그건 알고 있습니다. 하지만 그런 소마 님이기에, 이리스가 이해할 수 없는 '적'에게 대처할 수 있을지도 모릅니다."

그렇게 말하고, 이리스는 다시 한 번 작은 머리를 숙였다.

"우선순위가 있습니다."

내가 말했다.

"그때, 이리스 님을 구할 수 있는 건 저희뿐이었습니다. 그래서 도와드렸습니다. 지금부터는 많은 모험자가 이리스 님을 지킵니다. 그래서 저는 동료를 우선해서 지키고 싶습니다. 그런 이야기입니다."

"그렇다면, 손님으로 모시는 건 어떠신지요?"

“손님?”

“『계약』은 필요 없습니다. 대등한 친구로서, 만약의 경우에 이리스가 도망칠 곳이 되어 주십시오. 제공한 손님용 별장은 그러기 위한 장소로 사용하셔도 됩니다.”

“이리스 님…… 그렇게까지 하실 필요는…….”

“아버님은 여행 중에 친구를 만들지 말라는 말씀은 하지 않으셨습니다. 마틸다.”

이리스가 메이드 분의 말을 자르고서 말했다.

“영주님은 ‘친구를 잘 가려서 사귀어라’라고 하셨습니다, 이리스 님.”

“기억하고 있습니다. ‘그 친구에게 들이는 시간으로 몇 아르샤를 벌 수 있는지 생각해라’는 말이죠?”

무슨 데이 트레이더도 아니고.

“하지만 ‘끝까지 손대지 않는 자산을 챙겨둬라. 그것이 너를 구할 것이다’라고도 하셨습니다. 언젠가 도망칠 곳이 있다는 것은, 이리스에게 도움이 됩니다. 어떠신지요, 소마 님.”

“그 정도라면… 괜찮습니다만.”

30명이 넘는 모험자, 곧 도착할 부대. 그리고 항구 도시 이르가파의 자산, 인맥, 기타 등등.

그렇게까지 해서 지키는 이리스가 우리한테까지 의지할 일은 없을 테니까.

“고맙습니다. 소마 님.”

이리스는 스커트 자락을 잡고 꾸벅, 고개를 숙였다.

"이걸로 이리스와 나기 님은 친구입니다. 기왕 이렇게 됐으니, '친구가 되는 것'을 정식으로 『계약』하지 않겠습니까?"

"그들이 '검은 갑옷'을 조종했을 가능성은 생각하지 않으십니까?"

소마 나기와 리타 멜페우스가 떠난 응접실.

식은 홍차 대신 새 찻잔을 가져온 메이드 마틸다가 이리스에게 물었다.

"자신이 이리스 님을 구한 척하며 접근한다. 흔히 있는 수법입니다."

"그래요. 그들도 우리가 의심한다는 걸 눈치 챘습니다. 그래서 여기에 왔겠죠."

의자에 앉아서 다리를 흔들며, 이리스가 대답했다.

"만약 그들이 흑막이라면 파티 일부를 여관에 남겨뒀겠죠. 외부와 연락을 취하고 탈출로를 확보하기 위해서. 전부 손님용 별장으로 옮긴 것을 보면, 본 가문의 감시를 받아들인다는 의사를 표명한 것입니다."

"파티 멤버가 그 다섯 명 말고 또 있다면?"

"'해상에서 모든 바람과 파도를 읽을 수는 없다'는 속담, 마틸다도 알고 있죠? 그때는 이쪽이 보는 눈이 없었다고 포기합시다."

"하지만 이리스 님! 그런 누구인지도 모르는 자들을 친구로 삼다니!”

“이리스의 친구에 대한 험담은 용서하지 않겠습니다!”

이리스는 자기도 모르게 소리를 질렀다.

그녀에게 ‘소마 님’은 처음으로 생긴 친구다.

지금까지 그런 사람은 단 한 사람도 없었다. 애당초 만날 기회조차 없었고.

그런 이리스의 귀중한 기회에, 소마 님은 분명히 답해줬다. 『계약』은 해주지 않았지만, 친구가 되겠다고 해줬으니까.

“저기, 마틸다. 적이라면 고용돼서 이리스에게 다가오겠지요? 그런데 그 사람들은 의뢰를 거절했습니다. 그 이유가 몸이 좋지 않은 파티 멤버. 게다가 자기 입으로 ‘대단한 능력은 없다’고 주장하고. 그런 이상한 적이 어디 있습니까?”

윽, 하고. 마틸다가 말문이 막혔다.

속이 후련해졌다.

마틸다는 아버지가 보내주신 메이드다. 싫은 건 아니지만 이리스의 모든 것을 관리하려고 하는 점에는 화가 난다. 이번 성묘도 마틸다를 몇 시간이나 설득한 끝에 간신히 실현됐다. 친어머니의 묘에 성묘하는 데 이렇게 고생하는 것도 이상하고, 공격당했을 때 ‘내가 뭐랬어’라는 표정을 짓는 것도 짜증이 난다.

이리스도 자신의 입장은 알고 있다. 무녀의 일은 확실히 하고 있다. 해운 일도 싫은 건 아니다. 하지만 평생 이르가파를 위해서 이 한 몸을 바쳐야 한다고 생각하니 진절머리가 난다.

“이리스는 부상당한 정규병들의 병문안을 가겠습니다. 마틸다, 준비를."

"그럴 시간 없습니다."

이리스의 말에 메이드는 무표정한 얼굴로 고개를 저었다.

"지금은 제사 전의 중요한 시기입니다. 준비에 전념해 주십시오."

"그들은 이리스를 위해 싸우지 않았습니까?"

"이리스 님께는 '보호받을 의무'는 있어도 그들을 '위로할 권리'는 없습니다."

"그렇다면 이리스에게 인사권을 주십시오!"

이리스는 자기도 모르게 테이블을 두드렸다.

"그들의 급여 계산도 아버지께서 지급해주신 장비의 배분도 이리스가 하고 있지 않습니까? 그런데 어째서 누군가를 고를 권리도, 예정을 결정할 권리도 없는 겁니까?!"

"영주님은 주어진 일만을 하도록 말씀하셨습니다만?"

"열심히 일하는 정규병들에게 휴가를 주는 정도는……."

"정규병들의 근무표를 정하는 것은 제 일입니다."

"그렇다면 묻겠습니다. 어째서 일부 병사들만 휴가와 급여가 많은 것입니까?"

그것은 이리스가 급여 계산을 할 때마다 생각했던 것이다.

같은 근무시간, 같은 일, 같은 나이.

그런데 일부 병사들만 급여와 휴가가 많다. 이리스가 다시 고쳐도 그 부분만 마틸다가 수정해버린다. 영주인 아버지가 그대로 받아들이고 있으니 독단은 아니겠지. 하지만.

"예? 무슨 말씀입니까, 이리스 님."

메이드 마틸다는 한심하다는 것처럼 어깨를 으쓱거렸다.

"대대로 이르가파 영주를 섬기는 집안의 사람과 신참들을 똑같이 대하라는 말씀이십니까?"

"그렇지 않은 사람도 있지 않습니까?"

"영주님과 이리스 님의 오라버니, 그리고 제 소개로 고용된 자들입니다. 그건 그것대로 특별히 취급해도 되지 않습니까. 그 일은 이리스 님의 담당이 아닙니다. 이리스 님은 그저 주어진 일만 하시면 됩니다."

"일하는 게 싫다는 얘기가 아닙니다!"

더 이상 참을 수가 없었다.

눈앞에 있는 메이드가 이리스의 말을 전부 튕겨내는 차가운 철문처럼 여겨졌다.

"조금이라도 좋으니까 이리스에게 선택할 권리를 달라는 것이 아닙니까! 당신들이 소개한 사람들을 특별히 대우하는 것까지는 상관없습니다. 하지만 다른 사람들에게도 조금이라도 좋은 조건에서 일하게 해주고 싶다는 것입니다. 그렇게 해줄 권리를, 이리스에게!"

"제게는 그럴 권리가 없습니다."

돌아온 것은 차가운 거절.

"바라는 것이 있다면 영주님께 말씀하셔야 합니다."

"아버님은…… 이리스를 만나주시지 않습니다."

"이번처럼 경솔한 행동을 하시기 때문입니다."

메이드 마틸다는 하아, 하고 한숨을 쉬었다.

"어머님의 기일이라고, 제사를 앞둔 때에 이렇게 이르가파 밖으로 나왔다가 습격당했습니다. 게다가 도와줬다는 이유로 누군지도 모르는 자와 직접 만나셨습니다. 옆방에 병사들이 대기하고 있기는 했지만, 저도 조마조마했습니다."

"그렇게라도 하지 않으면, 이리스한테는 친구를 만들 시간도 없지 않습니까."

원래는 소마 님과 만날 수도 없었다.

경비병 대기소에서, 마틸다가 오기 전에 잠깐의 틈을 노려서 경비병들에게 "이르가파 영주 가문의 명예를 걸고, 도와주신 분께 예를 갖추겠습니다"라고 선언했다. 그걸 구실로 겨우, 이리스는 소마 일행과 만날 수가 있었다.

마틸다는 계속 떨떠름한 표정을 지었지만.

"이번 일은 영주님께 보고하겠습니다."

지금도 이리스의 얼굴은 보지도 않고 서류 다발만 내밀었다.

"그리고 이것은 제사의 필요 경비와 지난달의 무역 수지에 대한 서류입니다. 계산이 틀린 부분이 없는지 확인하시고 서명해 주십시오. 일을 빠짐없이 하는 것이 이번 성묘의 조건이라는 것을 잊지 마십시오."

"이리스가 정할 수 있는 일은?"

"이리스 님은 『해룡의 무녀』. 이르가파의 평화를 유지하기 위해 노력하는 것이 일입니다."

메이드 마틸다가 조용히 말했다.

"그 밖의 잡무는 생각하실 필요는 없다고 봅니다."

"이리스를 지켜주는 병사를 고르거나 그들에게 새 장비를 지급하는 것은?"

"이리스 님이 말씀하시면 제가 영주님께 전하겠습니다."

평소와 똑같은 대답이다.

마틸다가 정말로 이리스의 말을 아버님께 전하고 있는지는 모른다.

일이 많기는 하지만 열심히 하면 다 처리할 수 있다.

이리스가 괴로워하는 것은 자신이 아무것도 결정할 수 없다는 점이다.

누군가와 같이 있는 것도, 무슨 일을 하는지도. 언제 일거리가 들어오는지도.

—이리스를 위해서 다친 병사들의 병문안도 할 수 없다니.

『해룡의 무녀』는 무슨 일이 있어도 지켜야만 한다.

단지 그것뿐.

"지금부터 이리스는 제 일을 하겠습니다. 그만 가보세요, 마틸다."

이리스가 말하자 메이드는 고개를 꾸벅 숙이고 방에서 나갔다.

최대한 화난 목소리로 말한 것이 어린애 같은 저항이라는 건 알고 있지만.

"소마 님은, 이리스의 친구. 무슨 일이 있으면 경우에 도망칠 곳——."

주문처럼 중얼거렸다.

그것만으로도 마음이 조금 가벼워졌다.

"제사의 예습을… 해야지."

이리스는 책을 한 권 꺼냈다.

그 책의 내용은 해룡의 딸과 인간 소년의 연애 이야기.

수많은 전설 중에서 이것이 가장 진실에 가깝다고 한다.

내용은 한 글자도 빼놓지 않고 기억하고 있다. 하지만, 혹시 모르니 예습을.

『혼약한 두 사람의 혼이 서로 어우러진다. 소년의 몸이 낫고, 그는 새로운 스킬을 손에 넣는다.

그리고 소년은 해룡이 내린 새로운 시련에 맞선다.

「스피릿 링크」를 허락받는 조건은 해룡의 천적 토벌.

그것은 수많은 호수를 넘나드는 거대한 괴어(怪魚).

진주색 비늘에 뒤덮이고, 대량의 촉수가 달린 그 괴물의 이름은——.』

"용사는 좀 더 효율을 생각해야 했습니다. 제사를 한 번으로 끝냈으면 귀찮은 일이 되지도 않았을 텐데……."

이리스는 책을 보면서 한숨을 쉬었다.

우리가 빌린 별장은 이리스가 있는 곳에서 개울을 하나 건넌 곳에 있다.

원래는 이르가파 영주가 휴양하는 중에 찾아오는 손님을 묵게 하려고 지었다는 것 같다.

그래서인지 제대로 된 건물이었다.

방은 사람 숫자만큼 있고, 우물과 주방에 욕실까지 있다.

그렇다고 온천물까지 끌어온 건 아니지만.

"다녀왔어~."

"다, 다녀오셨어요. 나기 님!"

"어서 와, 나 군."

"다녀오셨습니까. 별일 없으셨습니까?"

우리가 돌아오자 저녁을 먹고 있던 세실, 아이네, 레티시아가 말했다.

참고로 저녁 메뉴는 아이네가 만든 스튜와 검은 빵. 세실이 먹는 건 건더기가 흐물흐물해질 정도로 푹 끓였다. 역시 아이네는 대단해.

"이리스 하페우메어와는 얘기가 됐어."

나는 세 사람에게 설명했다.

"이르가파 영주 가문을 섬기는 힐러가 세실을 봐주기로 했어. 그밖에 다른 예정은 변함이 없고. 하지만, 안전을 위해서 이르가파까지 이리스네 부대와 동행할까 싶어. 우리의 휴식도 겸하면서 말이지."

그렇게 이야기를 정리하고, 그 뒤에는 각자 할 일을 했다.

리타는 주위 경계. 아이네는 설거지, 레티시아는 아이네를 도와줬다.
세실은, 지금은 자는 게 일이다.
나는 내 방에서 이리스한테 받은 것을 체크.
먼저 원가로 양도받은 스킬 크리스탈이 다섯 개.
그리고 『스피릿 링크』와 『혼약』에 대해 적힌 책이 한 권.

『스피릿 링크, 혼약.
다시 태어난 뒤에도 인연이 이어지도록 혼을 연결하는 맹세의 의식.
종족에 따라 방식이 다르고, 「하나의 생물처럼 깊이 이어진 두 사람」이 영원을 맹세하는 것으로 성립된다. 같은 방법으로 이어진 상대라면, 복수의 대상과 「스피릿 링크」를 하는 것도 가능.
모든 의식은 두 사람의 호흡과 의식을 하나로 만들기 위한 것.
「혼약」이 성립되면 혼이 공명해서 대회복 효과가 발생하고, 새로운 스킬을 각성한다고 한다.』

『혼약』의 시스템은 단순하다.
하지만 서로 싱크로하는 게 엄청나게 힘들다는 것 같다.
의식은 전부 『혼약』하는 두 사람의 마력을 싱크로하기 위한 것.
하지만 절차가 복잡한 데다 구체적인 기록은 거의 남아 있지 않은 상태. 그래서 어렵다—그런 뜻인가.

"한마디로 두 사람의 마력이 하나가 되면 된다는 건데……."

램프 불빛이 책을 비추고 있다.

들리는 소리는 아이네와 레티시아가 이야기하는 소리뿐. 여관과 비교하면 엄청나게 조용하다.

이 정도라면 세실도 편하게 잘 수 있겠지—

………….

…………세실, 괜찮으려나.

그러니까, 체력을 늘려줄 수 있는 마법이 있으면 좋을 텐데 말이야.

가호라든지… 의식이라든지.

……의식………….

『하나의 생물처럼 깊이 이어진 두 사람』

『대회복 효과』

『스킬 각성』

…………그렇구나.

나는 방에서 나왔다.

세실의 방문을 노크하고, 대답하는 소리를 들은 뒤에 문을 열었다.

"세실, 나 때문에 깼어?"

"괜찮… 아요…… 많이 잤으니까요."

달빛 아래에서, 세실이 몸을 일으켰다.

입고 있는 옷은 이 별장에 있던 잠옷이다. 내가 살던 세계의 유카타와 비슷한.

날씬한 체형의 세실에게 잘 어울린다.

"몸은 좀 어때? 물이라도 갖다 줄까?"

"괜찮, 아요……."

세실이 졸려 보이는 눈으로 대답했다.

"낮보다는 많이… 좋아졌어요. 내일이면 일할 수 있어요."

"안 돼."

"하, 하지만… 이러고 있으면… 마음이 편하지 않아서요."

세실은 땀에 젖은 이마를 닦고, 조용히 중얼거렸다.

"나기 님도, 다른 분들도, 일을 하는데… 저만, 이렇게."

"그럼, 내 부탁을 들어줄래."

"부탁, 이요?"

"응."

내가 말했다.

"세실이 나랑 『스피릿 링크』를 해줬으면 싶어."

"아, 예. 알겠습니다."

세실은 침대 위에서 고개를 꾸벅, 하고—

"와~ 나기 님이랑 계속 같이—잠깐, 뭐라고요오오오오오오오오오오오오?!"

그리고는 입을 떡, 벌리고 새빨간 눈으로 날 쳐다봤다.

용어 해설

「스피릿 링크」, 「혼약」

혼을 맺어주는 의식 중 하나.

「서로가 깊이 이어지고 싱크로한 두 사람」이 영원한 인연을 맹세해서 성립된다.

『혼약』이 성립되면 서로의 혼이 공명해서 대회복 효과가 발생하고 새로운 스킬에 각성한다는 전설이 남아 있는데, 의식이 너무나 번거롭고 복잡한 탓에 지금에 와서는 행해지지 않게 됐다.

또한 죽은 뒤에 정말로 같이 전생하는지 아닌지를 확인할 방법이 없는 것도 쇠퇴한 이유 중에 하나. 그래서 정식 의식을 알고 있는 사람은 얼마 안 된다.

제5화 「각성, 치트 아내 제2형태(세실)」

"어, 어째서?! 왜죠?! 나기 님이랑, 제가?!"

"응. 『결혼』이 아니라 혼을 연결하는 『스피릿 링크』 쪽이지만."

"그, 그 정도는 저도 알아요! 나기 님이랑 저는 입장이 다르고, 주종 계약을 해제할 생각도 없으니까… 그, 그치만, 진심인가요. 농담이라든지… 착각이라든지…."

"미안, 착각했다."

"흐에에에에에에에?!"

"세실이랑 하고 싶은 건, 그 전 단계인 『혼약』 쪽이었어."

"마찬가지예요! 세상에… 나기 님이, 저랑?"

세실의 작은 몸이 떨린다. 작은 주먹으로 이불을 꼭 쥐고 얼굴을 반쯤 가렸다. 훤히 드러난 어깨도, 이마도, 긴 귀 끝까지 새빨갛게 물들었다.

나는 침대 옆의 의자에 앉아서 세실과 마주 봤다.

"여기엔 깊은 이유가 있어."

"예, 말씀하세요."

"사실 『혼약』을 하면 특수효과로 크게 회복된다는 것 같아."

"그런 이유로?!"

"솔직히 세실이 힘들어 보이잖아. 힐러가 오는 건 내일 밤이고."

"그런 이유로 미래를 확정시키는 건 아닌 것 같아요!"

"그리고 『혼약』을 하면 서로가 각성해서 새로운 스킬도 얻는다는 것 같으니까."

“……그거라면, 이해해요.”

세실은 한숨을 쉬고 가슴을 쓸어내렸다.

“정말 나기 님 다워요. 뭐야, 그런 이유였나요.”

“물론 세실이 계속 곁에 있어 줬으면 싶은 게 제일 큰 이유지만.”

“나, 나기 님!”

세실은 이불을 끌어안고 침대 위에서 데굴데굴 굴렀다.

귀엽지만 몸이 안 좋으니까 그만하렴.

“제, 제, 제 체온이 더 올라가게 해서 어쩌려고 그러시는 거죠. 절 죽일 생각인가요… 아니, 나기 님한테 죽는다면 저도 아쉬울 건 없지만—그래도, 그래도, 그래도.”

뚝. 세실의 눈에서 눈물이 떨어졌다.

“치, 치사해요 나기 님. 지난번에는 의식 도중에 그만뒀으면서…….”

“지난번?”

“『하얀 매듭 축제』때요.”

……아, 그거.

『계약의 신』의 힘으로 『노예와 스스로 주인과 미래영겁, 다시 태어나도 주종 계약을 맺는』 그거였지.

“어째서, 이제 와서 그러시는 거죠? 저는 미래 영업 나기 님 것이 되고 싶은데, 나기 님이 거부하셨잖아요….”

“아니, 『다시 태어나도 주종 계약』이라는 시점에서 안 되는 거잖아.”

“어째서죠?”

"왜냐하면 우리가 『주종 계약』이 없는 세상에서 다시 태어나면 곤란하잖아."

세실의 눈이 점이 됐다.

어라?

혹시 세실은 내가 『하얀 매듭 축제』를 거부한 이유를 몰랐던 건가?

"미안해, 설명이 부족했네. 잘 들어, 세실."

"아, 예."

"『다시 태어나도 주종 계약』을 맺는 건, 나랑 세실이 다시 태어난 시점에서 주종 계약이 성립된다는 뜻이지?"

이세계 소환이 있으니까, 다시 태어난 사람이 있어도 이상할 게 없다.

이 세계에서라면 '다시 태어나도 주인과 노예'라도 좋다.

하지만 내가 원래 있었던 세계처럼 '주종 계약'이 존재하지 않는 세계에서 다시 태어난다면?

생각할 수 있는 패턴은 두 가지.

(1)내가 목줄이 달린 세실을 데리고 다닌다

→신고 당한다. →체포.

(2)'주종 계약'이 존재하지 않으니까 나와 세실이 만나지 못한다.

또는 누군가가 태어나지 않는다.

→다음 생을 기대하세요.

"그런 이유로 『미래영겁 주종 계약』은 안 된다고 생각했어."

"나기 님은 따지는 걸 너무 좋아해요!"

어쩔 수 없잖아, 그런 성격이니까.

"나기 님 생각은 알았어요."

"응. 그래서, 어쩔 거야?"

"…………못됐어요, 나기 님."

세실은 볼을 빵빵하게 부풀리고 고개를 팩 돌렸다.

"전…… 나기 님 거예요."

세실은 새빨간 눈으로 날 봤다.

엉망으로 구겨진 이불을 옆에 놓고, 침대 위에서 무릎을 꿇었다.

"영원히, 계속, 어떤 형태건, 나기 님과 같이 있고 싶어요."

"고마워 세실."

왠지 쑥스럽네.

이런 데 익숙하지 않아서 말이야.

"하지만, 힘들어요. 전 마족의 『혼약』 의식을 몰라요. 다른 종족의 의식을 쓰는 수밖에 없는데, 그걸로 잘 될지……."

"『두 사람이 하나의 생물처럼 깊이 이어지기 위한 의식』이었지."

"예. 호흡도 마력도 하나로 만들기 위한 의식이에요. 모든 의식은 두 사람이 깊이 맺어지기 위한 거죠. 종족별로 여러 가지 말들이 전해 내려오고 있어요. 같이 목욕을 한다든지, 손을 잡고 잔다든지, 신전에서 아무도 만나지 않고 단둘이 보름 동안

지낸다든지…… 서, 서로 살을 맞댄 채로, 계속 같이 지낸다든지……."

"『하나가 되는』 게 그만큼 어렵다는 뜻인가."

"예, 그래요. 그런 의식을 해서 서로 『접속』한 뒤에, 맹세의 말을 하는 거예요."

"응. 그래서 좀 시험해보고 싶은 게 있거든."

세실을 빨리 회복시키고 싶으니까, 치트를 써보자.

거기에 필요한 스킬은 가지고 있고.

우리는 그걸 이용해서 몇 번이나 이어졌으니까.

"영차."

나는 세실을 안아 들었다.

가볍다.

"나, 나기 님?"

"지금부터 세실한테 이것저것 할 거거든."

"예, 예엥?"

"힘들다든지, 그만두고 싶으면 말해."

"예, 예…. 그러세요. 나기 님."

세실은 창피한지 얼굴을 가리고서 고개를 끄덕였다.

너무 무리하게 할 생각은 없지만.

나는 세실을 안은 채로 침대 위에 앉았다. 그리고 세실을 내 앞에 앉혔다.

"『혼약』 의식이라는 건, 간단히 말하자면 두 사람이 깊게 이어지기 위한 거잖아?"

"예, 예. 그래서 어려워요."
"알았어. 그럼 익숙한 방법으로 하자.
슬쩍.
나는 뒤쪽에서 세실의 왼쪽 가슴에 손을 댔다.
매끈매끈한 감촉.
역시 이르가파 영주의 별장이네. 잠옷도 고급이야.
얇고 부드러워서 세실의 몸 모양을 아주 잘 알 수 있다.
"이건 치료 행위니까."
"아, 예.
"『혼약』을 해서 세실을 회복시키는 게 목적이야. 나랑 세실의 마력을 천천히 순환시켜서 하나가 되는 거야."
"예! 해주세요, 나기 님."
세실은 고개를 돌려서 어깨너머로 날 쳐다봤다.
"나기 님과 하나가 되기 위해서라면, 전 수단을 안 가릴 거예요."
"알았어. 그럼 발동 『능력 재구축 LV3』."
스킬을 발동했다.
눈앞에 나타난 창에 세실의 스킬을 불러냈다.
그리고 손가락으로 글자를 살짝 건드렸다.
『깊이 이어지는』 거라면 지금까지 몇 번이나 했다.
『능력 재구축』은 그게 가능한 치트 스킬이다. 이걸로 『혼약』을 할 수 있는지, 시도해보자.
하지만 무리는 하지 않고. 스킬은 움직이지 않는다.
세실은 열이 나는 몸이니까, 너무 부담을 주고 싶지 않아.

우리의 혼이, 둘이 하나가 된 것처럼 여겨지게, 마력을 순환시킬 뿐이다.

"…………하, 하으."

"괜찮아, 세실?"

나는 세실의 스킬을 건드리고 천천히 마력을 흘려 넣었다.

"괜찮, 아요… 하으…."

세실은 나한테 기대서 편안한 한숨을 쉬었다.

"……신기할 정도로…… 편해요……."

아직 몸이 뜨겁다. 심장 고동도 빠르다. 하지만 호흡은 안정돼 있다.

나는 세실이 숨을 들이쉬면 마력을 보내고, 숨을 내쉬면 세실한테서 마력을 받아온다. 나와 세실이 하나가 되도록, 마력을 순환시킨다.

반복한다. 타이밍을 맞춘다.

들이쉬고, 내쉬고. 보내고, 받아오고.

세실의 가슴이 부풀고, 가라앉고.

내 손 안에서 모양이 바뀌고, 밀어내고.

나는 마력을 세실 안으로 보내고—세실의 마력을 받아온다.

반복한다. 순환한다.

휘적휘적, 서로의 마력을 섞어간다.

하나의 생물처럼.

"…이거, 평소랑, 달라요."

"그래?"

"나기 님이 들어오는 곳이, 다른 것 같은… 느낌… 이에요."

세실은 날름, 입술을 핥고 내 쪽을 봤다.

"평소에는, 나기 님이 제 깊은 곳을… 건드려 주시는 것 같았는데, 지금은, 온몸에 나기 님이 스미는 것 같아요… 포근하게… 흔들… 려요."

세실의 정신은 또렷했다.

하지만 넋이 나가버릴 것 같은 얼굴이다.

"마치, 나기 님이랑 같이 목욕하는 것… 같아요. 편안하고, 행복한… 기분… 하으… 아…."

"마력을 순환시키는 것뿐이니까."

그리고 『능력 재구축』의 레벨이 올라간 덕분이다.

마력을 잘 조정할 수 있게 됐다.

세실은 편하게, 나한테 몸을 기대고 있다. 날씬한 등이 내 가슴 언저리에 딱 닿아 있다. 세실의 정수리가 내 턱 아래에. 은색 머리카락이 흔들린다.

이러고 있으니, 나와 세실의 몸이라는 경계가 없어진 것 같다.

세실의 모든 것을 알 수 있을 것만 같다.

어디를 만져줬으면 싶은지, 앞으로 어떻게 하고 싶은지, 그런 것들을.

세실은 두 손을 축 늘어트리고 편안한 자세.

가끔씩 '하으' 하고 전기가 온 것 같은 반응은 보인다.

"…나기 님과 닿은 곳이…… 계속, 찌릿찌릿한 것, 같아요."

세실이 멍하니 중얼거렸다.

"조금씩, 포근한 게, 세지면서… 그치만, 편안하고… 아우. 나기 님과… 이어져서… 계속… 흔들리는 것 같아… 응. 아… 하아."

가느다란 등이 떨렸다.

평소와 다르게. 살짝, 움찔, 경직되고, 풀어지고.

세실은 또다시 편안한 한숨을 쉬고—하지만 몸을 나한테 밀어붙였다.

"…나기 님과 이어져… 있어요… 저, 나기 님과… 녹아… 버려요…."

작은 몸이 가끔씩 움찔거린다.

"뭐야… 또… 창피해… 으응."

"세실, 어떤 기분이야?"

"……거… 워요… 아주."

세실은 촉촉한 눈으로 날 봤다.

"평소엔… 나기 님이 만져주시면… 슝하고, 높은 곳으로… 올라가는데… 지금은, 계속… 거기에…… 대단해… 아응."

"그렇구나."

그럼 세실은 이대로 '기분 좋은 상태'로 있게 해주자.

나는『능력 재구축』창을 건드렸다.

마력 순환은 계속되고 있다.

"…으응. 아, 하응. 앙… 포근하고… 따뜻해요…."

세실은 괜찮은 것 같으니까 빨리해보자.

"으응! ……아!"

작은 몸이 내 품 안에서 떨린다.

"…말도, 안 돼요. 슝, 하고, 높은 곳으로. 더, 높이, 있는… 것처럼… 찌릿찌릿, 깜박깜박… 아앙. 저… 녹아버려요. 녹아서… 새하얗게. 으응!"

세실이 한순간 경직됐지만, 그 뒤에 다시 몸에서 힘을 뺐다.

"괜찮아? 힘들지 않아?"

"…………괜찮, 아요."

세실이 눈물을 글썽이면서 나를 봤다.

"…괜찮, 으니까요, 계속… 멈추지… 마세요… 아응…."

부드러운 갈색 손이 내 손에 닿았다.

닿은 부분에서 땀이 흘러서 침대 시트를 적셨다. 세실은 축 늘어져서 나한테 몸을 맡기고 있는데, 아까부터 조금씩 허리 위치를 조정하고 있다. 그때마다 물소리가… 희미하게.

세실과 내 마력은 빙글빙글, 서로의 몸속을 돌았다.

내 몸이 조금씩 뜨거워진다. 세실한테 동조하고 있는 것 같다.

심장 고동도 싱크로한다.

세실은 평온한 호흡을 반복하고 있다. 나도 거기에 맞춘다.

두 사람이 이어진 걸 알 수 있다.

"마족은 『공명하는 종족』이었지."

내가 말했다.

"예… 저… 나기 님과, 공명하고 있어요… 지금은 그게… 너무나, 강해…."

내가 무슨 말을 할지 알고 있었던 것처럼 대답했다.

"나랑 공명하는 게, 구체적으로 어디쯤인지 알 수 있어?"

"…예… 어렴풋이, 지만…."

세실은 고개를 끄덕였다.

끈이 풀어진 잠옷은 몸을 절반도 가려주지 못했다.

땀방울이 맺힌 갈색 살갗을, 세실이 손가락으로 더듬었다.

애절하게, 그러면서도 행복한 것처럼, 세실이 속삭였다.

"…응… 아… 이제… 제 깊은 곳이… 열렸어요. 나기 님을… 받아들이려고… 해요…… 나기 님을…… 원해… 아…."

세실과 『혼약』할 수 있다고 생각한 건, 마족이 『공명하는 종족』이기 때문이다.

나와 세실은 처음 만났을 때부터 공명하고 있다.

그 공명하는 것이, 정말로 영혼이라면—

마족인 세실은 그 존재를 느낄 수 있다. 그렇게 생각했다.

"그게 어딘지, 가르쳐줘."

"알겠… 습니다…."

세실이 내 오른손을 잡았다.

그대로 천천히, 자기 살갗으로 가져갔다.

왠지 신기한 기분이 든다.

나와 세실의 몸이 하나로 녹아든 것 같다.

겹쳐진 손과, 두 사람 몫의 마력이 세실을 스캔한다.

만지지 않았는데도, 세실을 알 수 있다.

세실의, 평소에 보이는 곳도 안 보이는 곳도.

세실의, 부드러운 곳도 딱딱해진 곳도.

세실의, 부푼 곳도 들어간 곳도.

세실의, 젖은 곳도 촉촉한 곳도,

세실의, 따뜻한 곳도 아주 뜨거운 곳도.

나는 세실의 몸 곳곳을 맴돌고—

——세실의 가슴 중앙에서, 내 손이 멈췄다.

"…여기… 예요."

욱신욱신.

손바닥 너머에서 뭔가가 진동하는 것 같았다.

"나기 님과 공명하는 '저'는 아마도… 여기예요."

"응."

알겠다.

이건 아마도 『능력 재구축 LV3』의 힘이다. 세실과 지금까지보다 훨씬 깊이 이어져 있다.

세실의 몸에 흐르는 마력까지 알 수 있다.

어느샌가 그게 보이게 됐다.

『능력 재구축 LV3』이 만들어낸 『마력의 실』이 세실의 몸에 감겨서 우리를 이어주고 있다.

호흡도, 고동도, 마력도.

혼이 있다고 하는, 서로의 가슴 언저리도.

두 사람의 경계선을 알 수 없을 정도로.

여기까지 했다. 끝까지 해보자.

"그럼, 맹세의 말을."

"흐앙… 예에… 나기 님."

정식으로 어떻게 해야 하는지는 모른다.

그래서 우리만의 오리지널 대사로 해보자.

"나, 소마 나기는, 세실 파롯과의 사라지지 않는 인연을 바란다."

"저… 세실 파롯은, 소마 나기 님과의 영원불멸의 인연을 바랍니다."

"어떤 형태건."

"수많은 세계 속에서… 서로가, 서로를 잃어버리지 않도록."

""혼의 매듭의 약속을—『혼약』.""

세실의 가슴 속 중심에서 빛이 났다.

얇은 잠옷을 뚫고, 빛의 고리가 떠올랐다.

그 중심에서 나타난 것은—작은『사람』이었다.

크기는, 손바닥에 올라갈 정도.

온몸이 금색으로 빛난다.

옷은, 아무것도 입지 않았다.

모습은—세실 그 자체. 작은 세실을, 더 작게 만든 모습.

"이것이, 세실의 혼…?"

세실은 어느새 잠이 들었다.

대신에 금색 세실이 나를 향해 손을 내밀었다.

『고독한 영혼에 빛을 가져다준 사람. 공명하는 사람.』

세실의 혼이 내 손에 입을 맞췄다.
그리고 자신의 머리카락을 하나 뽑아서 내 왼손 약손가락에 감았다.

『「계약」보다 깊은 인연을, 그대에게.』

세실의 혼이 내 가슴을 만졌다.
반짝, 따뜻한 빛이 가슴 중심에서 고리 모양을 그렸다.
그리고 『세실의 혼』은 팔을 타고 뛰어 올라와서 내 머리카락을 뽑았다.
이번에는 그 머리카락을 세실의 약지에 감았다.

『「나」를 잘 부탁드립니다. 공명하는 사람.』

『영원히.』
『모든 세상이, 끝날 때까지.』

『모든 종족이 기억하는 평온의 땅으로, 이끌어주실 수 있기를.』

반짝.
혼은 빛의 고리로 변해서 세실의 가슴 속으로 빨려 들어갔다.
세실은 여전히 눈을 감고 있다.
나는 세실의 이마에 손을 댔다.
열은… 내려갔다. 심장 고동도 호흡도 안정됐다.
이걸로『혼약』이 성공했다고 보면 될까.
시험 삼아 세실의 스테이터스를 표시해보니—

『세실 파롯
직업 : 노예 혼약자(포춘 슬레이브)
혼의 맺어짐 : 강도 · 중
상태 : 대회복 중
고유 스킬 :「마법 적성 LV3」「이중 영창」「■■■■■ LV1」』

세실의 스테이터스가 변화했잖아?!
보이지 않는 스킬이 생겼다.
이건『스피릿 링크』가 정식으로 성립되면 해방되는 것 같은데.
게다가 건강 상태까지 표시되고.
그럼, 나는?
『소마 나기
고유 스킬 :「능력 재구축 LV3」

「고속 재구축(퀵 스트럭처)」

「능력 재구축 LV3」의 파생 스킬. 노예 한 사람과 자신의 스킬을 빠르게 재구축할 수 있다.

경고 : 부작용이 있음. 긴급 시에만 사용할 것. 사용한 뒤에 큰일이 난다.

「■■■■■■」

「■■■■■■■■■■■■■■■■■■■■■■■■■■■」」

『능력 재구축』 계열 스킬이 늘어났다.

『고속 재구축』은 일인용이고, 그 자리에서 빠르게 재구축할 수 있다. 그런데, 긴급 시에만?

…무슨 큰일이 난다는 걸까….

또 하나는 가려져 있다. 이건 『스피릿 링크』가 성립되면 쓸 수 있게 되는 걸까.

"세실, 괜찮아? 몸은?"

"…안 돼요, 나가님… 더 녹으면… 저, 나가님이랑 하나가…."

세실은 내 품 안에. 손가락을 물고 잠들어 있다.

"…세실?"

"기쁨이랑, 행복이… 멈추질 않아… 녹아버려… 하으?!"

아, 깼다.

내 품 안에서 눈을 뜬 세실은, 자기가 어디에 있는지도 모르는 건지 주위를 둘러봤다.

"어라? 어어?"

"일어났어?"

"이, 이상해요. 저, 나가님이랑 하나가 돼서, 그대로 10년 정도, 녹아서 물리적으로도 정신적으로도 하나가 돼서, 이대로 『능력 재구축』을 하면 어떻게 될까 생각했는데… 어어? 나가님이랑 제가 있네요? 따로따로. 어어?"

세실은 자기 왼손을 가만히 보고 있다.

『혼』이 내 머리카락을 감은 곳이다.

"…저한테, 반지가, 생겼어요. 아니, 이건… 나기 님의 조각?"

검은 반지였다. 말 그대로 아무런 장식도 없는, 매끄럽고 새카만 링.

『혼약』 성립의 증거다.

그리고 내 왼손 약지에도 작은 반지. 은색이고 머리카락처럼 가느다란.

이건 틀림없이 세실의 혼 일부겠지.

만지니까 간지러워하는 표정을 지었으니까.

"그런데 세실, 몸은 어때?"

"두근두근 행복해서 죽을 것 같아요."

괜찮은 것 같네.

목과 이마에 났던 땀도 말랐다. 호흡도 안정됐다. 무엇보다 조금 전까지는 비틀거렸었는데 지금은 멀쩡해졌다. 다행이네.

"개운해요. 열도 없고 어지럽지도 않아요! 아, 그런데……."

킁킁, 킁킁.

세실은 자기 잠옷 냄새를 맡았다.

그리고는 날 보고, 울먹이는 표정을 지었다.

"따, 땀에 흠뻑 젖었어요. 나기 님 앞인데? 게다가 이렇게 가까이 있는데, 아아아아아아, 어떻게 하죠오오오."

"난 괜찮아."

좋은 냄새가 나니까.

응.

세실이 건강해진 것 같아서 다행이다.

『혼약』의 조건은 상대와 깊이 이어지는 것. 그런데 우리는 몇 번이나 『능력 재구축』으로 연결됐었지. 마력도 잔뜩 주고받았고.

그 덕분에 싱크로하기 쉬운 상태였다.

혼이 공명해서 『혼약』을 성립시킬 정도로.

정식 『스피릿 링크』는 서두를 것까진 없으니까, 하는 방법은 나중에 찾아보자.

"…노예인데. 나기 님 앞에서 땀범벅이… 아아."

하지만 세실은 눈물을 글썽거렸다.

난 신경 쓰지 않는데 말이야. 땀에 흠뻑 젖었다든지, 그 덕분에 잠옷이 달라붙어서 몸의 라인이 과도할 정도로 보인다든지. 알몸보다 야하다든지.

주인님에 『혼약자』지만 전혀 신경 쓰지 않습니다. 오히려 대환영.

하지만 뭐, 그건 그렇다 치고.

"몸을 좀 닦는 게 좋겠네. 더운물이랑 수건 가지고 올게."

"아, 하지만, 그 전에…."

세실이 몸을 일으켰다.

침대 위에서, 날 보며 무릎을 꿇었다.

"저 세실 파롯은 나기 님의 『노예 혼약자』로서, 이번 생에서 평생 동안 나기 님을 섬기겠습니다. 내세에 어떻게 될지는 모르겠지만, 계속 같이 있는 건 확정입니다. 그래도 되죠? 나기 님."

"응. 물론이지."

"저, 내세에서도 이렇게 작을지도 모르는데요?"

"세실은 그게 좋아."

"내세에서 갑자기 제가 나기 님 댁 문을 두드려도 받아들여 주실 건가요?"

"괜찮아. 어떻게든 방법을 생각할 테니까."

"나기 님은 그런 것 잘하시니까요."

"이건 아마 다시 태어나도 달라지지 않을 것 같아."

"그런 점까지 전부, 제가 정말 좋아하는 나기 님이에요."

그렇게 말하고, 세실은 약지의 링에 입을 맞추고—웃었다.

"세실 파롯은 나기 님의 첫 번째 『혼약자』로서, 모든 세계가 끝날 때까지 함께 하겠습니다. 앞으로도 잘 부탁드려요. 나기 님."

그렇게 해서, 나와 세실은 정식으로 『혼약』을 했다.

용어 설명

「노예 혼약자」

『능력 재구축』의 치트로 태어난 혼약 상태의 노예.

원래 『혼약』은 의식을 통해서 깊이 연결되어야 성립되는데, 나기는 『능력 재구축』으로 자신과 세실의 마력을 순환시켜서 유사적으로 같은 상태를 만들어냈다.

말 그대로 치트 행위다.

제6화 「치트한 설득을 시도했더니 노예가 혼란 상태가 됐다」

“그렇게 해서, 나랑 세실은 정식으로 『혼약자』가 됐으니까.”

“됐어요~.”

나와 세실은 거실에 있던 동료들에게 보고했다.

“우와~ 깜짝이야, 축하해~ 세실.”

“역시 나 군이야. 『혼약』 의식에 성공하다니.”

“…그렇군요.”

리타는 테이블에 팔꿈치를 댄 채 턱을 괴고, 아이네는 눈을 반짝거리며, 레티시아는 얼굴이 새빨개졌고.

하지만, 아무도 놀라지 않았다.

…그러고 보니 이 집, 소리가 잘 울렸지.

방에 있어도 아이네랑 다른 사람들 얘기하는 소리가 들렸으니까.

다들 대충 어떻게 된 사정인지는 눈치 챘던 걸까. 뭐 그건 됐고.

세실의 상태도 좋아졌으니까, 이제 느긋하게 이르가파로 가기만 하면 되겠지.

“리타 언니, 아이네 언니.”

그런 생각을 하는 내 옆에서, 세실이 뭔가 결심을 한 것처럼 고개를 끄덕였다.

리타와 아이네한테 다가가서는 작은 손으로 두 사람의 손을 잡았다.
“두 분 모두, 나기 님이랑 같이 방에 들어가세요.”
“뭐?”
“왜 그래, 세실?”
…세실. 너 설마.
“두 분도, 나기 님하고 『혼약』을 하세요.”
“와, 와우우우우웅?!”
“…아이네도?!”
왠지 그럴 것 같더라! 세실이니까.
아마, 할 수는 있겠지만.
『능력 재구축 LV3』을 쓰는 방법도, 혼이 어디에 있는지도 대충 알았으니까.
시간을 들이면 리타랑 아이네하고도 『혼약』을 할 수 있을 거야.
“…아이네는, 됐어.”
하지만 아이네는 살며시 손을 뺐다.
“그런 건, 아이네한테는 아직 이른 것 같아.”
그렇겠지.
아이네한테는 친동생 나이어스 일도 있으니까.
쉽게 나랑 혼을 맺을 수는 없을 거야.
하지만 메이드복 가슴팍에서 작은 카드—도장 찍는 쿠폰 같은—를 꺼내더니 “아직 봉사 포인트가 모자라니까……”라고 했는데, 무슨 뜻인가요?
리타 쪽은—

"안 돼, 안 돼 안 돼 안 된다고~!"

금색 머리카락을 휘날리며, 필사적으로 고개를 저었다.

"왜요, 리타 언니?"

"당연하잖아! 둘이 같이라니, 당연히 안 된다고!"

"그럼 왜 리타 언니는 제 손을 계속 잡고 있죠?"

"응. 이상하네.

리타, 어느새 일어나서 내 쪽으로 걸어왔고.

"…………어, 어라? 왜지이이이이이이이?!"

리타는 깜짝 놀라서 세실의 손을 놨다.

그리고 자기 자신에게 놀란 것처럼, 다시 세실의 손을 잡으려다가 도로 빼고.

"아, 안 돼 나기! 세실하고도 아직『혼약』상태잖아? 확실하게『스피릿 링크』를 성립한 뒤에 하라고!"

"하지만『혼약』연습 정도는 해두자고."

"어째서?!"

"리타는 항상 전위에서 싸워주니까."

그래서 다칠 확률이 가장 높다.

만약의 경우를 대비해서『혼약』의 대회복을 쓸 수 있게 해두고 싶다. 그리고 전위 캐릭터한테 고등 스킬을 배우게 하는 건 게임에서도 기본이고. 리타의 경우에는 마력과 신성력이라는 차이 때문에 문제가 있으니까, 여러모로 실험하는 게 좋겠고.

"—그런 이유가 있으니까."

"엄청나게 이치에 맞으니까 오히려 싫어!"

"그리고 리타는 외로움을 많이 타니까, 우리랑 이어져 있으면 안심이 될 것 같은데."

"아, 아니거든~. 하나도 안 외롭거든~."

"…리타가 싫다면 강요는 안 하지만."

"뭐어어어?!"

왜 거기서 버림받은 강아지 같은 얼굴이 되는데?

"역시 연습만이라도 해둘까?"

"아, 안 할래! 그런 창피한 짓, 할래!"

어느 쪽인데.

"그게 아니라, 안 해!! 가 아니라! 하고 싶어, 안 해, 하고 싶어—안 한다고오오오오오!!"

"리, 리타?"

얼굴이 새빨개져서 소리치고, 자기가 한 말에 깜짝 놀랐는지 손으로 입을 막고, 다시 말하고, 잠옷 앞섶을 붙잡고, 꼬리를 파닥파닥 흔들고—

너무 당황해서, 리타 본인도 어떻게 하고 싶은지 모르는 건가?!

"괜찮아, 연습이니까. 『혼약』을 할 수 있는지 확인만 하는 거니까."

"와웅! 으르르르르르르릉!"

야생화하지 말고.

어쩔까. 억지로 하고 싶은 건 아니지만.

하지만 만약의 경우에 대비해서 대회복은 쓸 수 있게 해두고 싶은데…….

…………하는 수 없지.

치트한 설득 방법을 써보자.

나는 세실한테 손짓을 했다.

구석 쪽으로 가서, 리타한테는 안 들리게 귀엣말.

"……예? 아, 예, 리타 언니라면……."

세실은 귀까지 새빨개져서 고개를 끄덕거렸다.

그 뒤로 세실은 리타가 있는 쪽으로 가서, 리타의 얼굴을 보면서 말했다.

"리타 언니는, 세실이랑 같아지는 게 싫어?"

"크억!!"

회심의 일격.

리타는 가슴을 누르면서 몸을 뒤로 젖혔다.

"세실은 다시 태어나서 리타 언니가 없으면 외로운데?"

"커흑!"

"둘이서 나기 님이랑 혼을 연결하고 다시 태어나면, 다음 생에서는 진짜 자매가 될지도 몰라, 리타 언니!"

"으아아아아아아아우우우우우우!"

리타는 머리를 쥐어뜯으면서 몸을 웅크렸다.

세실의 정신공격(회피 무효. 물리 방어 무효)은 크리티컬로 들어갔다.

“리타 언니. 우리 솔직해지죠?”

“그, 그치만, 그치만그치만.”

“무섭지 않아요. 연습만 하는 거예요. 그리고 저도, 리타 언니랑 계속 같이 있고 싶어요.”

“주인님이랑세실이랑계속같이? 행복….”

리타가 고개를 들었다.

분홍색 눈이 풀어져 있었다.

리타는 마치 잠꼬대라도 하는 것처럼, 세실한테 이끌려서 이쪽으로 왔다.

아, 너무 심했다.

귀여운 걸 좋아하고 세실을 좋아하는 리타한테는 여동생 캐릭터로 공격하는 게 제일이라고 생각했는데.

“주인님부탁드려요. 저를세실이랑똑같게….”

하지만 뭐, 기왕 이렇게 됐으니까….

리타가 다쳤을 때를 생각해서, 연습만이라도 해두자.

나는 리타의 손을 잡았다.

『좋았어―! 역시 주인님이다―!』

――아. 이런.

마검 상태인 레기를 거실 벽에 기대서 세워 놓은 걸 깜박했네.

『마족 아이와의 「혼약」은 못 봤으니까! 다음엔 꼭 보여다오. 그 동물 귀 계집애가 꼬리를 흔들면서 주인을 원하는 모습을! 그리고 대대로 전하겠다. 그 고집쟁이가 함락당하고, 주인 없이는 살 수 없게 된, 그 모습을!』

"자, 잠깐만. 레기!"

『그 녀석 성격을 보면 처음에는 적응할 것이다. 허나, 포기하지 마라 주인님. 그 동물 귀 계집애의 본성을 끌어내도록. 그것이 그 녀석의 행복이자 주인님으로서는 노예를 올바르게 조교하는 방법—뭐, 뭐 하는 것이냐 마족 아이에 메이드여. 나를 어디로 데려가려는 것이냐—?!』

레기의 목소리가 멀어져갔다.

마검을 들고, 세실과 아이네가 빠른 걸음으로 방에서 나갔는데—

"…나기."

리타는 완전히 정신이 돌아왔다.

동물 귀를 세우고, 꼬리가 크게 부풀고—화났네, 이거.

"세실을 악용하는 건 나쁜 일이지? 나기."

"미안해."

얌전히 사과했다.

"하지만, 『혼약』의 완전 회복은 언제든지 쓸 수 있게 해두고 싶어."

"저기, 나기."

생글생글, 쫑긋쫑긋.

리타는 분홍색 눈을 가늘게 뜨고 날 쳐다봤다.

"여자한테는 말이야, 분위기가 중요해."

"분위기…."

"맞아. 『혼약』 같은 중요한 일을 할 때는, 나름대로 준비가 필요하다고.”

“그렇구나.”

하긴, 그렇겠지.

『혼약』은 리타의 남은 인생을 결정하는 것이나 마찬가지니까, 요구사항 정도는 들어줘야지.

“그럼 리타는 어떤 상황이 좋아?”

“그, 그러니까 말이야.”

리타는 팔짱을 끼고 흐흥, 하고 콧방귀를 뀌고,

“먼저 내가 목욕을 해서 몸을 깨끗하게 하고… 아, 나기는 괜찮아. 나기 냄새는 내가 좋아하니까. 그리고 옷은 빨아서 처음 입는 게 좋겠지. 그, 그리고, 귓가에서 『혼약해주세요』라든지 『리타를 원해』라고 말해주면, 새, 생각해줄 수도 있어!”

“응. 알았어. 그럼 준비할게.”

“……뭐.”

“목욕물은 지금부터 데울게. 그리고 레티시아. 예비 옷 있어? 가능한 새 걸로. 돈은 나중에—가능하다면 출세한 뒤에 갚는 거로 하면 좋겠는데—.”

“그, 그런 얘기가 아니라고! 진짜, 진짜, 진짜—!”

리타는 그대로 몸을 웅크리고 의자 밑으로 기어들어 갔다.

…역시 너무 성급했나.

“미안해 리타. 이제 안 할게.”

“——?!”

“미안해 리타. **오늘은** 이제 안 할 테니까.”

왠지 울 거 같은 표정을 지어서 다시 말했다.

하지만 새빨개진 리타는 의자 밑으로 숨은 채로 나오질 않았다.

어쩔 수 없지.

"미안, 레티시아. 혹시 빗 있어?"

"있습니다. 여기."

레티시아가 작은 목제 빗을 줬다.

나는 그걸 들고 리타 앞에서 흔들었다.

"저기, 리타. 사죄하는 뜻으로 브러싱 해줄 테니까—뭐야, 빠르잖아?!"

"…흥이다."

말이 끝나기도 전에 튀어나온 리타는, 그대로 의자 위로 점프.

브러싱하기 쉽게 등받이를 옆으로 두고 앉았다.

"어, 어쩔 수 없네. 계속 싸우면 모험에 지장이 생기니까. 털 고르기 한 번으로 용서해 줄게!"

"싸웠던… 건가요?"

"싸웠어요! 전 분명히 나기한테 화났어요!"

"너무 사이가 좋아 보이던데…."

레티시아는 한숨을 쉬었다.

"이런 주인님과 노예는 본 적이 없습니다. 어쩌면 저는 전설을 보고 있는 것인지도 모르겠군요…."

"주인님인가요?"

"노예잖아. 목줄 했잖아?"

레티시아는 가끔씩 이상한 소리를 한다니까.

나는 다른 세계에서 온 사람이라서 이쪽 세계 주인님 같지 않다는 건 이해하지만.

"저기, 나기. 빗질은 살짝, 적당히 해줘. 레티시아 님 앞에서 정신이 나가는 건—역시 창피해—흐아아아아아아앙."

"알았어. 살짝, 말이지."

빗을 너무 깊이 넣으면 리타가 잠들어버리니까.

나도 최근 들어서 리타의 반응을 알 수 있게 됐다. 좋은 일이지. 주인님이니까.

그래, 동물 귀 뒤쪽도 살짝 빗질을 해주면 리타가 좋아했지.

"——코오. 흐아암. 나기이…."

"리타고 피로가 많이 쌓였네. 세실도 대회복 했으니까, 내일은 하루 쉬어야겠다."

그러고 보니 나도 리타도 『검은 갑옷』과 싸운 지 얼마 안 됐지.

"미안해. 『혼약』은 너무 서두르지 않을 테니까."

"당신들, 이제 와서 그런 의식이 필요하기는 합니까?"

레티시아가 팔짱을 끼고 우리를 쳐다봤다.

"……이거, 저도 기합을 넣고 등을 떠밀어야겠군요…."

그리고 레티시아는 질렸다는 듯이 중얼거렸다.

제7화 「누나 메이드의 가족계획」

누나 메이드 노예, 아이네 크루넷의 아침은 일찍 시작된다.

새 지저귀는 소리를 들으며 눈을 뜨고, 침대를 깔끔하게 정돈한다. 그리고 우물가에서 세수하고, 방에서 항상 입는 메이드복—으로 갈아입으려다 치마의 얼룩을 발견했다. 어제 세실을 지키면서 가도를 달려온 탓이다.

오늘은 날씨도 좋으니까 빨래를 할까.

그런 생각을 하면서, 아이네는 다른 옷으로 갈아입었다.

『서민 길드』 수습 길드 마스터를 하던 시절의 원피스다.

오랜만에 입어보니 가장이라도 한 것처럼 왠지 어색하다.

『서민 길드』에 있었던 게 바로 얼마 전 일인데, 왠지 전생에서 있었던 일 같다.

그렇게 중얼거리고, 아이는 거울 앞에서 목줄의 금속 부분을 땡, 하고 울렸다.

응. 이게 지금의 나. 주인님—나 군의 노예고, 모두의『언니』.

응, 응.

거울 앞에서 고개를 끄덕이고는 머리카락을 꼭 묶고, 봉사 준비 완료.

아이네는 콧노래를 부르며 방에서 나왔다.

"안녕히 주무셨어요, 아이네 언니."

"잘 잤어, 세실."

부엌으로 갔더니 같은 노예인 세실이 기다리고 있었다.

아궁이에 불을 붙이는 건 작은 세실의 일이다. 쌓아놓은 장작에 약한 『플레임 애로』를 발사하고, 점화 완료.

답례로 아이네는 물이 끓을 때까지 세실의 머리를 빗겨줬다.

이것이 평소의 일과.

세실의 은발은 고급 비단 실 같아서 만지면 정말 기분이 좋다. 어린 시절에 아버지한테 들은 신화에 나오는 요정이나 여신이 이런 느낌일지도.

"세실, 오늘은 집에 있는 게 좋겠어."

"어째서요?"

"나 군이 『혼약』으로 낫게 해주긴 했지만, 바로 어제까지 아팠잖아. 무리하지 않는 게 좋아."

"……예."

작은 세실이 얌전히 대답했다. 그래, 그래.

"아이네 언니는 참 착하네요."

"그런가?"

"솔직히, 저 마족이잖아요?"

아이네의 동료 노예 세실이 신기하다는 듯이 이쪽을 본다.

"세실은 아이네 동료잖아?"

아이네는 은색 머리카락을 빗겨주면서 웃었다.

그렇게 말하자 세실이 쑥스럽다는 듯이 웃어줬다.

또 한 가지 중요한 것. 세실은 나 군의 소중한 신부 후보.

두 사람이 『혼약』 했다고 들었을 때도 아이네는 전혀 놀라지 않았다.

왜냐하면 나 군은 세계의 룰 따위는 간단히 뛰어넘어버리는 사람이니까.

아이네의 기억을 찾아줬을 때도 그랬다. 레티시아가 황당해할 정도로 간단하게 강적을 쓰러트리고 아이네를 도와줬다.

힘든 일이 생기면 자신과 모두가 할 수 있는 일을 생각하고, 제일 좋은 방법을 찾아내서 실행해버린다. 정공법으로 안 되면 『치트 행위』로 해결해버리고.

마족의 생존자인 세실이랑 인간으로 변하는 수인 리타 양—두 사람의『치트 캐릭터』를 데리고 다니는, 정말 신비한 주인님.

틀림없이, 나 군한테 사라진 의식을 부활시키는 건 간단한 일이겠지.

귀여운 마족 세실이랑 신기한 소년 나 군은 정말 잘 어울린다.

물론 리타 양도.

아이네는 그런 세실의 찰랑찰랑한 머리카락을 쓰다듬고 있으면 행복한 기분까지 들었다.

포근하고, 편안한 시간.

머리카락을 다 빗자, 세실이 아이네를 봤다. "괜찮아요?"라고 묻는 것 같은, 커다란 눈동자. 아이네가 고개를 끄덕이자 세실은 줄에서 풀린 강아지처럼 뛰어간다.

가는 곳은, 주인님의 방.

나 군을 깨우는 건 하루를 시작하는 중요한 의식.

그래서 순서를 정해서 하고 있다.

오늘은 세실이 당번. 내일은 리타 차례. 아이네는 언니니까 세 번째.

"자, 아침밥 해야지."

아이네는 끓는 물에 채소를 잘라서 넣었다.

아침마다 행상인이 별장에 와서, 신선한 달걀을 손에 넣을 수 있는 게 기쁘다. 다들 긴 여행을 하느라 지쳤으니까, 큰맘 먹고 소금에 절인 고기를 많이 투입. 달걀은 아끼지 않는다. 지갑을 맡은 아이네는 모두의 건강과 경제 상태의 균형을 나름대로 잘 생각하고 있다.

보글보글, 보글보글.

냄새 좋다.

"안녕히 주무셨어요. 리타 언니!"

아이네가 냄비를 젓고 있는데, 복도에서 세실의 목소리가 들려왔다.

이 집은 정말 소리가 잘 울린다니까.

"리타 언니, 정말 나기 님이랑 『혼약』 안 할거에요?"

"와웅?!"

"괜찮아요. 나기 님이라면…… 알아서 상냥하게 해줄 거예요. 그리고 어제 한 말은 거짓말이 아니에요. 전 리타 언니랑 진짜 자매가 되고 싶…… 어라, 리타 언니?"

"와우————————!"

바람을 가르며 달려서 부엌으로 뛰쳐 들어온 건 수인 리타.

금색 귀와 꼬리가 정말 예쁜 여자아이.

아이네한테는 노예 선배고, 믿음직한 사람.

항상 생각한다. 아이네도 리타 양처럼 일할 수 있으면 좋겠다고.

하지만 지금의 리타 양은 얼굴이 새빨개져서, 부끄러워하는 것처럼 고개를 숙이고 있다.

“잘 잤어요, 리타 양.”

“아, 안녕, 아이네.”

리타 양은 귀를 쫑긋쫑긋 움직이고, 이마의 땀을 닦고서 아이네를 봤다.

땀—아, 그러고 보니.

“오늘은 날씨가 좋아요.”

“뭐? 응, 그러게.”

“내일도 날씨가 좋을 것 같아요.”

“그, 그렇구나.”

“빨래도 잘 마를 것 같아요.”

“…응, 그러게.”

“그러니까, 빨랫거리가 있어도 괜찮아요?”

“빠, 빨랫거리?”

“응. 리타 양도 나 군도, 『재구축』해서 땀을 많이 흘려도 괜찮아. 『혼약』 하고 싶으면, 언제든 말해.”

“아, 아이네? 저, 저기. 그게.”

“좋은 추억이 되게, 깨끗한 옷을 준비해줄게—응? 어라라?”

“와, 와웅! 아우우! 으, 으르르르르르르릉!”

"리타 양? 야생화 안 해도 되거든. 나 군이 해주는 건 창피한 일이 아니야. 자연스러운 일이야. 그러니까, 하고 싶어지면 나 군한테 부탁해서——."

"으, 으르르르르르릉———!"

마치 펑, 소리가 난 것 같았다.

온몸이 새빨개진 리타 양은 아이네한테 등을 돌리더니—

"으르릉——! 아, 아이네의 상냥함이 너무 괴로워——!"

소리치면서, 야생동물 같은 속도로, 복도로 뛰쳐나가고 말았다.

이상하네. 뭐가 잘못된 거지.

아이네가 고개를 갸웃거리고 있는데, 레티시아가 들어왔다.

아직 잠옷 차림인 레티시아는 파란 머리카락을 손으로 빗으면서 하품을 했다.

레티시아는 아이네의 친구고, 노예가 된 아이네를 배려해서 이런 곳까지 같이 와줬다. 입장이 달라져도 태도는 전혀 달라지지 않았다. 나 군한테도, 세실한테도 리타 양한테도 신뢰받고 있다. 아이네의 자랑스러운 친구다.

"리타 양이 엄청난 기세로 뛰쳐나갔는데, 무슨 일 있었습니까?"

"아니? 아무 일 없었는데?"

"그대로 마당에 나무 꼭대기까지 올라가서 부들부들 떨고 있는데?"

"아마 빨래 널 준비를 해주는 거겠지."

마침 정원의 나무 사이에 빨랫줄을 걸고서 널려고 했으니까.

역시 리타 양. 눈치가 빨라.

"그런데, 난 아이네와 할 얘기가 있습니다."

"얘기?"

아궁이에서 냄비를 내리고, 아이네가 물었다.

응. 수프는 거의 완성. 이제 푹 끓이기만 하면 돼.

끓으면 빙글빙글 저어주고.

"……나기 씨 말입니다만. 세실 양이나 리타 양과 꽤나 사이가 좋아 보이더군요."

"잘도 알았네, 레티시아."

"이, 이 건물은 소리가 잘 들리니까요."

얼굴이 빨개져서 고개를 돌리는 레티시아. 왜 그러지?

"그래서 저도 어젯밤엔 두근거려서 잠을 못—그런 건 아무래도 좋습니다! 제가 걱정하는 건 아이네입니다!"

"아이네를?"

"아이네는 자신이 뒤처졌다는 생각은 안 하는 겁니까?"

"뒤처져? 왜?"

"세실 양은 나기 씨와 『혼약』할 정도로 사이가 좋아졌죠?"

"응. 역시 나 군이야. 전설의 의식을 성립시키다니."

"리타 양도, 분명 나기 씨의 『혼약자』가 될 겁니다."

"그렇겠지. 둘 다 사이가 좋으니까."

"이대로 세 사람이 한계를 넘어서 사이가 좋아지면, 아이가 생길지도 모릅니다."

"응. 기대하고 있어. 틀림없이 나 군을 닮아서 똑똑한 아이가 태어날 거야.”

눈을 반짝거리면서 대답하는 아이네를 보며, 레티시아는 질렸다는 듯이 한숨을 쉬었다.

“아이네는 정말 그래도 좋다고 생각하는 겁니까?”

“응, 물론이지.”

“하지만 세실 양과 리타 양은 파티의 중요한 전투 요원입니다. 두 사람이 퀘스트 하러 나가면 애는 누가 봅니까?”

“당연히 아이네가 봐야지.”

“아이를 돌보는 건 힘든 일입니다.”

“당연히 아이네한테 맡겨야지. 오히려 상이야.”

“아기한테는 젖을 줘야 합니다. 두 사람이 없는 동안에는 어쩔 겁니까?”

“당연히 아이네가 줘——.”

떨그럭.

그렇게 말하던 아이네의 손에서 나무 국자가 떨어졌다.

바닥에 떨어져서 메마른 소리를 냈다.

아이네의 눈에서 빛이 사라졌다.

시야가 어질어질 흔들리기 시작했다.

믿을 수가 없었다. 이런 일은, 있어서는 안 됐다.

설마—설마, 설마….

모두의 ‘언니’인 자신이, 이런 간단한 사실을 놓쳤다니—

아이네는 바닥에 털썩 주저앉았다.

두 손을 무릎에 얹고 부들부들 떨었다. 하얀 이마에서 땀방울이 떨어진다. 자신의 결정적 실수를 알아차렸다는 것처럼, 자기도 모르게 가슴에 손을 얹었다.

"아이네는… 젖이, 안 나와…."

"이제야 알았군요."

"어쩌지, 레티시아! 아이네, 나 군 아기한테 젖을 줄 수가 없어!"

맹점이었다. 완전히 허를 찔렸다.

아이네의 계획은 완벽했다. 동생 같은 나 군과 소중한 노예 동료인 세실과 리타 양. 세 사람이 사이좋게 지내는 건 문제 없다. 보고 있으면 흐뭇할 정도니까.

이대로 셋이 잘 돼서 아이가 생기고, 아이네가 그 아이들을 키운다.

그건 마치 꿈같은 미래였다.

아침에 눈을 뜨면 아이들을 깨우고, 식구들이 먹을 밥을 하고, 퀘스트 하러 가는 사람들을 배웅한다. 그 뒤에는 빨래를 하고, 옷을 수선하고, 집안 청소를 한다. 흘러가는, 평범한 하루. 그것은 아이네가 예전에 잃어버린 것이자 가장 갖고 싶은 것.

아이네는 나 군과 오누이처럼 지낼 수 있으면 된다.

『노예 누나』

응, 새롭다. 훌륭해.

그래서 모두의 '언니'로서, 느긋하게 살아갈, 그럴 생각이었는데….

"여자는 아이를 만들지 않으면, 젖이, 안 나와…………."

"정말이지, 그런 것도 생각을 못 하다니… 친구지만 정말 한심하군요."

"그, 그래도, 다른 사람한테 젖을 받으면—."

"어머나, 모두의 언니씩이나 되는 사람이, 그런 중요한 일을 다른 사람에게 맡기겠다는 겁니까?"

"하윽!"

"아아, 귀에 들립니다. 나기 씨의 아이가 배고파서 우는 소리가. 귀가 조금 뾰족한 걸 보면 세실 양이 낳은 아이군요. 작은 목을 떨고 있습니다. 배가 고프다고. 왜 메이드 언니는 나한테 젖을 안 주는 걸까. 날 싫어하는 걸까. 난 언니가 정말 좋은데… 대체 왜."

"그만해 레티시아, 그만해에에에에에에에…."

아이네의 귀에도 아기 우는 소리가 들리—는 것 같은 기분이 들었다.

추운 밤. 나 군과 세실과 리타 양은 중요한 퀘스트를 하러 나가서 아직 돌아오지 않았다. 난로 앞에는 작은 아기. 갈색 피부는 세실을 닮았다. 새빨간 눈의, 귀여운 아기.

그 아이가 울고 있는데, 아이네는 젖을 줄 수가 없다. 풀어헤친 가슴은 허무하게 흔들리기만 할 뿐. 다른 사람한테 젖동냥을 하러 가려고 해도 밖에는 눈보라가 휘몰아친다. 이르가파는 남쪽 도시인데, 아이네의 망상 속에서는 어째선지 눈보라다. 갓난아기 우는 소리가 공허하게 메아리친다. 아이네는 그 소리를,

그저 듣고 있을 수밖에—

"…………이런 것도 생각을 못 했다니…."

아이네는 두 손으로 얼굴을 가렸다.

그 어깨를, 레티시아가 툭, 두드렸다.

"이제 알았죠, 라이네. 당신은 두 사람이 나기 씨와 사이좋게 지내는 걸, 단순히 기뻐하기만 해선 안 됩니다."

고개를 들어보니 아이네의 친구는 신기할 정도로 상냥한 눈을 이쪽을 보고 있었다.

"어떻게 해야 좋지. 어떻게 해야 할까, 레티시아?!"

"간단한 일입니다."

"…간단?"

"세실 양과 리타 양 만큼, 아이네도 나기 씨와 사이가 좋아지면 되는 겁니다."

레티시아는 집게손가락을 세우고, 달래는 것처럼 말했다.

"그래요, 두 사람이 나기 씨와 아이를 만든다면 그 아이들에게 젖을 주기 위해서라도, 아이네도 나기 씨와 아이를 만들어야 하는 겁니다!!"

쿠웅!

벼락이라도 맞은 것처럼 아이네의 몸이 떨렸다.

어설펐다.

난 너무나 어설펐다.

지금의 행복에 만족해서는 안 됐다.

언젠가 태어날 세실과 리타 양의 아이를 위해서라도, 자신도 나 군과 아이를 만들어야만 한다. 그것이 파티의 '언니'인 아이네의 사명! 현재가 행복한 것만으로는 전부가 아니었다.

모두의 언니는, 미래를 생각하면서 준비해야만 했다.

하지만—

"아이네는 나 군의 '누나'인데, 그래도 되는 걸까?"

"누나이기에 더욱더 나 군을 이끌어줘야 하지 않겠습니까."

레티시아는 달래는 것처럼, 아이네의 귓가에 속삭였다.

"나기 씨는 『혼약』을 실현할 정도의 스킬을 가지고 있지만, 실제로 아이를 만들어본 경험은 없을 거라고 봅니다. 그렇다면 누나인 아이네가 제대로 아이를 만들 수 있도록 나기 군을 지도해야 하지 않겠습니까!"

"헉!"

맹점이었다.

아이네는 지금 겨우, 자신이 할 일을 깨달은 것 같은 기분이었다.

『누나인데』—가 아니다.

『누나이기에』—였다.

"그리고 아이네가 아기에게 젖을 줄 수 있게 되면, 세실 양과 리타 양도 안심하고 퀘스트 하러 갈 수 있겠죠? 그렇게 되면 모두가 행복해집니다!"

"레티시아! 고마워!"

꽉. 아이네는 레티시아의 손을 잡았다.

역시 레티시아는 친구다. 아이네의 '어설픈 점'을 깨닫게 해줬다.

이 몸은 나 군의 누나로서 바쳤다. 모두의 아이를 위해, 아이네가 나 군과 아이를 만드는 정도는 일도 아니다.

이건 모두를 위한 일.

엄청나게 신이 나지만 그건 또 다른 얘기. 두근두근 콩닥콩닥 조마조마해서 심장이 터질 것 같지만 그것도 다른 얘기!

"나 군한테 부탁하고 올게! 아이네도 똑같이 해달라고 말이야!"

"그래요. 열심히 하세요."

"냄비 좀 봐줘! 고마워 레티시아, 사랑해!"

스커트 자락을 잡고, 아이네는 나 군의 방을 향해서 뛰어갔다.

"정말이지, 손이 많이 가는군요."

테이블에 턱을 괴고, 레티시아가 중얼거렸다.

봉사 정신은 좋지만, 아이네는 좀 더 자신의 감정에 솔직해져야 한다.

"……등을 떠밀어주는 것도 꽤 힘든 일입니다. 정말이지."

레티시아는 바닥에 떨어져 있는 작은 카드를 발견했다. 아이네가 떨어트린 '봉사 포인트 체크카드'다. 아이네가 모두를 위해서 좋은 일을 할 때마다 동그라미를 하나씩 치는 것이다. 이 카드가 가득 차면『혼약』을 한다고 했던가.

"어이쿠, 손이 미끄러졌군요."

레티시아는 **실수로** 포인트 카드를 아궁이의 불 속으로 집어넣었다.

"이런~ 큰 실수를 했군요. 하지만 아이네가 이 정도로 화를 내지는 않겠죠."

포인트를 다 모을 때까지 기다릴 필요는 없다.

하고 싶은 일이 있으면 당장 하면 된다.

"힘내세요, 아이네."

레티시아도 아마, 나기를 만나고 달라졌다.

나기와 그를 너무나 좋아하는 노예들을 보고 있으면, 집안일 때문에 고민하던 자신이 바보처럼 여겨졌다. 나기 일행은 속 편하게 살기 위해서 할 수 있는 일을 하고 있다. 그렇다면 자신도 빨리 집안과 인연을 끊고 모험자가 되고 싶다. 언젠가가 아니라 지금 당장.

그런 감정을 깨닫고 말았다.

가만히 있을 수 없게 돼버렸다.

물론 나름대로 절차는 필요하고, 그 이후에 어떻게 살아갈지도 생각해야 하지만.

……뭐, 자리를 잡을 때까지 나기네 파티에 묻어가는 것도 괜찮겠지.

"그래요. 아이네가 아이를 낳으면 제가 이름을 지어줘야겠습니다. 남자아이라면 '나이어스'…… 하지만, 어려서 죽은 아이네의 동생 이름은 좀… 불길하려나요. 나기 씨라면 개의치 않을 것도 같지만… 여자아이라면… 그러니까…….”

후후후, 하고 부드러운 미소를 지으며, 레티시아는 망상에 빠졌다.

“안녕, 아이네.”

“자, 잘 잤어! 나, 나, 나 군!”

퍽.

힘차게 뛰어가던 아이네는 방에서 나온 나 군의 가슴에 부딪히고 멈춰 섰다.

자기도 모르게 주위를 둘러봤다.

나 군을 깨우러 간 세실은 없다.

밖에서 물소리가 들리는 걸 보면 세수하고 있겠지.

“저, 저기 말이야. 아이네는, 말이야.”

가깝다, 가까워.

얇은 잠옷 너머로 나 군의 체온과 땀 냄새가 다이렉트하게 전해져온다.

두근두근한다. 숨쉬기가 힘들다. 어라, 어라라?

“아~ 미안, 아이네.”

아이네가 무슨 말을 하기도 전에 나 군이 입을 열었다.

곤란하다는 얼굴로 머리를 긁고, 아이네의 어깨에서 무릎 언저리를 봤다.

"오늘은 길드에 있을 때 원피스네. 메이드복은 어제 싸우다가 망가졌나? 고블린한테서 도망칠 때 아이네도 싸워줬으니까."

그랬다.

어제 세실을 데리고 고블린 무리한테서 도망칠 때, 아이네는 『봉술』 스킬로 고블린들을 쫓아냈다. 그때 땅에 굴러서 흙 범벅이 됐고 그놈들의 피까지 묻었다. 그래서 오늘은 메이드복이 아니라 『서민 길드』 시절의 원피스를 입었다.

나 군, 알아봤구나.

"이 세계에 세제나 표백제는… 안 팔겠지. 미안해. 혹시 때가 안 빠지면 이르가파에 도착한 다음에 새로 사줄 테니까, 조금만 참아."

"나 군…."

따끈, 따끈.

아이네의 가슴이 따뜻해진다. 두리둥실 따끈따끈.

……어쩌지.

아주 평온하고 편안하다.

부탁할 게 있는데, 나 군의 체온을 느끼는 게 너무 행복해서 말이 나오질 않는다.

지금 이 이상의 무언가를 바라면 벌 받을 것 같을 정도로.

이 순간을 부숴버리는 게 무서워서.

행복하다는 말로는 부족할 정도로 기뻐서.

누나는 몰래 나 군의 어깨에 볼을 댔다.

이러면 안 돼. 누나인데.

…지금은, 부탁을 안 해도… 괜찮을까?

이렇게 나 군한테 붙어 있는 걸로, 충분해.

부탁은 나중에… 하자.

"메이드복은 신경 쓰지 않아도 돼!"

그래서 아이네는 고개를 들고 툭, 가슴을 두드렸다.

"아이네의 가사 스킬을 우습게 보면 안 돼, 나 군. 어설픈 얼룩 따위는 금세 깨끗하게 뺄 수 있으니까. 오늘은 날씨도 좋으니까 대 빨래 대회를 할 거야! 여행의 때를 전부 씻어낼 거라고!"

"응. 나도 도와줄게. 집안일은 나도 그럭저럭하니까."

"주인님한테 그런 일을 시킬 수는 없어!"

"아니, 그래도 다들 일하는데 혼자 놀고 있으면 마음에 편하질 않으니까."

"그럼 빨래가 잘 널려 있는지 확인만 해줘! 우리 옷하고 속옷이라든지, 잘 널려 있는지. 세실이랑 리타 양을 위해서도, 어떤 색이나 모양이 좋은지도!"

"그건 난이도가 상당히 높은데!"

"일단 아침부터 먹자! 아자, 아자, 에이~!"

그렇게 해서 나 군과 아이네는 부엌으로.

나무에서 내려오지 않는 리타 양 몫은 샌드위치를 만들고, 다 같이 수프와 빵을 먹었다.

식사가 끝난 뒤에는 빨래. 물에 젖어도 되도록 다 같이 속옷 차림으로, 여행하는 동안에 쌓인 빨래를 첨벙첨벙. 나뭇가지에 빨랫줄을 묶어준 리타 양도, 그때쯤에는 내려와서 도와줬다.

마당의 나무 사이에서 펄럭이는 대량의 빨래.

그것을 주인님이 체크해준 뒤에 점심밥.

아침에 먹고 남은 걸 다 같이 먹고, 그 뒤에 예정 상담. 나 군은 오후부터 관광하러 나갈 생각인 것 같다. 아이네도 같이 가자고 했지만, 사양했다.

주인님이 없는 동안 집을 지키는 것도 노예가 할 일이니까.

주인님은 아쉬워했다. 상냥하다.

…정말 좋아.

"자, 그럼. 모두 같이 내 고향의 풍습대로 해볼까."

밥을 먹고 설거지를 마친 뒤에 '낮잠 시간.

이건 나 군네 고향 풍습—솔직히 나 군이 하고 싶었던 풍습이라는 것 같다.

만약에 『회사』라는 걸 만든다면, 반드시 도입할 거라고 했다. 식후에는 배에 피가 몰려서 머리가 잘 돌아가지 않으니까 한 시간 정도 낮잠을 자는 게 좋다고 열심히 말해줬지만, 아이네는 다 같이 데굴거릴 수만 있으면 뭐든지 좋아.

나 군은 소파에, 데굴. 세실은 그 발밑에 누웠다. 리타 양은 나 군 근처에서 무릎을 끌어안고 몸을 웅크렸고, 레티시아는 의자에 앉아서 눈을 감았다.

아이네는 모두의 언니니까, 눈을 감는 건 제일 마지막에.

나 군이 있는 소파 근처에서 누우면 되지만, 그 전에—잊어버리기 전에.

부탁할 걸, 말해야지.

"…나 군."

아이네는 나 군의 귓가에 속삭였다. 깨지 않게, 작은 소리로.

"언젠가, 아이네한테서 젖이 나오게, 해주세요…."

"…응…… 알았어. 그거 무슨 마법이지…?"

"가족의 마법이야… 나 군."

반쯤 잠꼬대 같은 나 군의 목소리를 듣고, 아이네는 고개를 끄덕였다.

응. 만족했어.

두근거리는 가슴을 붙잡고, 아이네는 소파 근처에 누웠다. 어째선지 세실의 긴 귀가 쫑긋쫑긋 움직이고 리타 양의 동물 귀와 꼬리도 흔들흔들 반응하고 있다. 다들 신기한 꿈을 꾸고 있나 봐.

아이네는 계속 꿈꾸는 기분. 이런 날들이 계속되면 좋겠다.

그럼, 잘 자. 나 군.

즐거운 꿈을 꾸면 좋겠다.

나 군과 많은 아이들의 '언니'가 되는, 그런 꿈을.

그치, 나 군.

아이네가 정말 좋아하는—주인님.

제8화「친구와 마검의 관광여행」

“나기 씨, 관광하러 가신다면 저도 함께하겠습니다.”

짧은 낮잠을 잔 뒤에, 레티시아가 말했다.

“이곳에는 몇 번인가 와본 적이 있습니다. 괜찮으시다면 안내하도록 하죠.”

“고마워. 그렇다면 역시 다 같이….”

어라, 다들 아직도 자고 있네?

세실은 아이네의 다리를 베고, 리타는 소파 건너편에서 뒹굴고 있다.

아이네는 “쉿~” 하고, 집게손가락을 입에 대고는 작은 소리로,

“세실은 아직 몸이 안 좋아. 오늘은 쉬게 해줘. 아이네가 돌봐줄게.”

“그래.”

아이네는 세실의 머리카락을 부드럽게 쓰다듬었다.

세실도 ‘언니’의 무릎 위에서 편하게 쉬고 있다. 방해하지 않는 게 좋겠네.

리타는….

“와웅!”

데굴데굴데굴데굴.

반쯤 잠이 깬 것 같지만, 내가 가까이 갔더니 얼굴이 새빨개져서 도망쳤다.

역시 치트한 설득으로『혼약』하려고 했던 게 문제일까.

좀 더 깊이 생각해야 했어. 반성하자.

"하지만 기왕에 관광하는데. 한 명쯤 더 데려가고 싶은데."

쭉쭉.

작은 손이 내 바지를 잡아당겼다.

"그래도 무리하게 하면 안 되겠지. 어쩔 수 없네, 나랑 레티시아 둘이서."

쭉쭉, 쭉.

"다른 파티 멤버는 없으니까. 아쉽지만."

"주인님은 이 몸이 싫은가…?"

아래쪽을 보니, 레기가 눈물을 글썽이면서 내 바지자락을 붙잡고 있었다.

빨간 트윈 테일 머리에 하얀 옷. 키는 세실보다 조금 작은 정도.

마검에 깃든, 사람 모양의 레기였다.

"같이 가고 싶으면 조건이 있어."

"조건이라고?"

"야한 짓 안 하기."

"그것은 이 몸의 존재의의에 반하는 조건이다."

마검이 그딴 걸 존재의의로 삼지 말라고.

레기는 잠시 생각하는 것 같더니,

"알았다."

내 눈을 똑바로 보면서 고개를 끄덕였다.

"이 몸은 원래 억지로 남녀가 맺어지게 하는 것은 좋아하지 않으니까."

"그래?"

"당연하지 않은가. 억지로 했다가 야한 것을 싫어하게 되면 어찌하겠는가. 인간에게 주어진 즐거움을 빼앗지 않겠는가! 이 몸은 남녀를 거기까지 이끌기는 하지만, 최종적으로는 본인들의 의사에 맡기고 있다. 불끈불끈하게 만들기는 하지만!"

"역시 두고 가야겠다."

"자, 잠깐만! 알았다. 불끈불끈도 안 할 테니까…."

덥석. 레기가 내 다리를 끌어안았다.

하는 수 없지. 이 녀석도 일단은 내 노예니까.

"그렇게 됐으니까. 레티시아, 레기도 데려가도 될까?"

나와 레기의 대화를 지켜보고 있던 레티시아는 고개를 좌우로 젓고는,

"예, 괜찮습니다. 노예를 소중히 여기는 것은 나기 씨의 좋은 점이니까요."

"다행이네. 그럼, 부탁할게."

나는 마검 레기를 등에 메고 사람 모양 레기와 손을 잡았다.

"나 군. 레티시아 잘 부탁해."

집에서 나올 때 아이네가 그렇게 말하고 손을 흔들어줬다.

"온천 마을 리헬다의 명소라면 이곳입니다. 전설의 현자가 발견했다고 하는 온천의 원천입니다."

레티시아가 안내해준 곳은 높은 곳에 있는 바위 언덕이었다.

그곳은 리헬다 북동쪽 구석에 있고, 성벽과 일체화된 곳이다. 바위가 크게 갈라져 있고 거기서부터 온천수가 흘러나오고 있다. 이런 원천이 리헬다 곳곳에 있지만, 이곳이 제일 처음 발견된 곳이라서 기념비적인 존재로 취급한다는 것 같다.

"어흠. 이곳은 사람들이 자유롭게 쓸 수 있는, 공유하는 장소입니다."

내 옆에서 레티시아가 설명해줬다.

"특히 이 원천과 개울이 만나는 곳은 사람들 휴식의 장인데—."

"주인님! 파랑 머리! 여기 '족탕'이라는 것 같다!"

"족탕은 하루의 피로를 풀기 위해—."

"들어가도 되나. 되겠지! 뜨겁다! 여기는 원천하고 너무 가깝다!"

"…그냥 들어가 버리지 그러십니까?"

레티시아가 고개를 팩 돌렸다.

레기, 너 이 녀석….

"저기, 일단 담근 다음에 이 온천 얘기 계속해주면 안 될까?"

"정말로 관심이 있는 겁니까?"

"있지. 이 세계의 전설 같은 걸 전부 알고 싶으니까."

"알겠습니다. 그럼 쉬면서 이야기하도록 하죠."

레티시아는 신발을 벗고 벤치에 앉았다.

나와 레기도 그 옆에 나란히 앉았고.

'족탕'은 원천에서 나온 뜨거운 물과 개울이 만나는 곳에 만들어놨고, 마을 사람들이 자유롭게 이용할 수 있는 곳이다. 우리는 관광객이라서 유료지만, 그래도 엄청나게 쌌다.

요금 내는 곳 옆에는 원천에 냄비를 담가서 달걀을 삶고 있다. 나중에 먹어보자.

"그 전에 나기 씨, 친구로서 충고합니다."

족탕 옆에 있는 의자에 앉아서, 레티시아가 말했다.

"당신은 아직 이 세계에 익숙지 않으니까, 조심해야 합니다. 제 말을 잘—크하!"

"나도 알아 레티시아. 모두가 도와주는 덕분이라는 건 잘 알고 있어. 그러니까 얘기를—크하~!"

"뭐냐 둘 다. 더운물에 발을 담근 정도로 크하~!"

""""크하~~!""""

우리는 나란히 한숨을 쉬었다.

다리의 피로가 빨려 나가는 것 같다.

원천의 물과 개울이 섞이면서 적당히 뜨끈한 온도가 됐고, 그 물이 다리 전체의 피로를 천천히 풀어줬다.

엄청난 효과다. 마치 마법이라도 걸린 것 같아.

요 며칠 동안 계속 걸어 다녔으니까… 던전에서 뛰어다니기도 했고.

"이 온천을 개척한 현자는 하늘을 나는 용에게 『사람들이 병에 걸리지 않도록 하고 싶다』고 바랐다는 것 같습니다. 그 뒤에 발견한 것이 이 온천이라고 하더군요. 다른 원천은 상인이나 귀족들이 사들였지만, 이곳만은 현자의 뜻을 따라서 공공시설로 삼았습니다….”

“인간도 쓸 만한 구석이 있구나. 크하~!”

“레기가 섬겼던 왕 중에 그런 사람은 없었어?”

“이 몸은 거의 보물창고에 있었기 때문에 모른다.”

레기는 작은 다리를 흔들면서 대답했다.

“하지만, 욕장에 공주들을 모아놓고 즐기던 왕은 있었다. 그래서 이 몸은 목욕을 피곤한 것이라 생각했었다. 그런데 아니었다… 이렇게 기분 좋은 것이었을 줄이야.”

“뭐랄까, 귀찮은 일들을 다 잊어버리게 되네.”

하늘은 아주 맑았다. 오전 중에 널어놓은 빨래도 잘 마를 것 같다.

나는 석비에 적혀 있는『융화의 현자』전설을 읽어봤다.

수백 년 전에 이곳에 온천을 개척한 현자는 오랜 전란 속에서 용자로 싸웠고, 너무나 지쳐 있었다. 하지만 그가 맺은『계약』이 휴식을 허락하지 않았다. 그래서 그는『쉬기 위해서 일하는』쪽을 선택했다.『이 온천이 사람들이 쉬기 위한 곳이라고 사람들에게 가르친다』=『사람들을 구한다』=『합법적으로 온천에서 쉰다』는 이유로. 하지만 마법으로 온천을 파냈을 때 그는 이미 나이가 들어서 심장이 약해져 있었고, 그래서 욕탕에 몸을 담글 수 있는 상태가 아니었다. 그래서 사람들은 이 족탕을 만들어서 현자가 쉴 수 있게 해줬다고 한다.

또한 현자의 마지막 말은 의미 불명이다. 나이 탓에 약해져 있었다고 전해진다.

『교복입은허벅지최고』—뭐야, 설마 『내방자』는 아니겠지.

“그리고 저는… 나기 씨에게 작별 인사를 해야 합니다.”

갑자기 레티시아가 말했다.

“잠시 후에, 저는 마차를 타고 메테칼에 갑니다.”

“……뭐?”

갑작스러운 발언이었다.

“저는 일단 집으로 돌아가서 여러 일에 뒤처리를 할 생각입니다. 본격적으로 모험자가 되려면 절차가 필요하니까요.”

“아버지나 자작 가문 때문에?”

“그렇습니다. 당신들과 모험을 하는 동안 자작 가문이 귀찮게 굴기라도 하면 곤란하니까요. 뒤탈이 없도록 해두고 싶습니다.”

레티시아는 하늘을 바라보면서 조용히 말했다.

“나기 씨는 아이네와 다른 사람들에게 바깥세상을 보여주십시오. 당신이 확실한 생활 기반을 만들면 사양 않고 쳐들어가겠습니다.”

“…그래.”

어느샌가 같이 있는 게 당연하게 여겨졌기 때문에 레티시아가 귀족이라는 걸 잊고 있었다.

집안의 이름에, 가족이란 말이지.

좀 더 같이 있고 싶지만 어쩔 수 없지.

“저기, 레티시아.”

“왜 그러십니까?”

“부적을 주고 싶은데, 괜찮을까?”

"……부적?"

"치트 스킬."

작은 소리로 말했다.

조금 지나서 레티시아의 얼굴이 확, 하고 새빨개졌다.

"무, 무, 무슨 말을 하는 겁니까?! 나기 씨, 저까지 노예로 삼을 생각입니까?!"

"그런 뜻이 아니라!"

"바, 바보, 바고, 바보, 바보! 숨 쉬는 것처럼 노예를 늘리지 말란 말입니다!"

투닥투닥, 투닥투닥.

레티시아가 내 어깨를 두드린다. 아프진 않지만.

"무슨 소릴 하는 거냐 파랑 머리. 주인님이 그렇게 지조도 없이 노예를 늘릴 리가 없지 않은가."

"……그렇습니까?"

"주인님이 네게 말한 것은, 네 본성을 간파했기 때문이다."

레기는 있지도 않은 가슴을 활짝 폈다.

"네 기품과 고귀함, 정의감… 그 너머에는 알몸의 자신을 알아주기를 바라는 마음이 있을 것이다. 주인님은 그 숨겨진 본성을 알고, 그것도 모르고 귀족으로서 살아가는 것을 가엾게 여겨서 노예로—하지 마세요 주인님. 이 몸의 본체를 원천에 담그지 마세요—."

나는 거품이 보글보글 올라오는 수면에 닿기 직전까지 내렸던 마검을 멈췄다.

"치트 스킬이기는 해도, 레티시아랑『재구축』하는 건 아냐. 내가 독자적으로 만든 스킬을 줄까, 하는 얘기지.

레기가 쓸데없는 소리 하기 전에 빠르게 말했다.

"마침 이리스 하페우메어한테 구입한 커먼 스킬이 있거든. 그걸 레티시아가 가진 스킬과 조합하면 그럭저럭 쓸만한 스킬이 나오지 않겠어? 레티시아도 여행하는 동안 무슨 일이 있을지 모르니까. 그래서 부적 대신으로 만들어줄까 싶거든."

"사, 사람 놀라게 하지 마십시오."

레티시아는 가슴에 손을 얹고서 하아, 한숨을 쉬었다.

"남은 스킬이란 말이죠. 그렇다면 이건 어떻습니까?"

『전진 방어 LV2』

『방패』로『적』을『밀어내는』스킬

"이것은 예전에 제가 레이피어를 장비했을 때 쓰던 것입니다. 지금은 양손으로 잡는 롱 소드를 쓰다 보니 방패를 들 수 없게 됐습니다. 이거라면 나기 씨가 실패해서 이상한 스킬을 만들어도 괜찮습니다."

"이상한 스킬이라니."

"『청소 도구로 더러운 물을 늘리는 스킬』이라든지."

…그거 말이지.

분명히 그건 쓸 데가 없어 보이긴 했어. 아이네는 좋아했지만.

"그래도 좋습니다. 제게는 소중한 친구가 주는『부적』이니까."

레티시아는 손가락으로 파란 머리카락을 만지면서 쑥스럽게 웃었다.

"그럼 난『달걀 요리』스킬을 써볼까."

"…갑자기 엄청나게 쓸모없을 것 같은 느낌이 드는군요."

"이리스한테 산 스킬 중에 그런 게 있었거든."

『휘저어서 볶은 달걀(스크램블 에그) LV4』

『조리도구』로『달걀』을『휘젓는』스킬

주위에 들리지 않게 작은 소리로.

"발동…『능력 재구축 LV3』."

개념을 바꿔서 만들어낸 스킬은—

『회전 순격(回轉盾擊 실드 스크램블) LV1』

『방패』로『적』을『휘젓는』스킬.

방패로 때리면 적을 엄청나게 회전시킬 수 있다.

『난류 반사(卵類反射 카운터 에그) LV1』

『조리도구』로『달걀』을『밀어내는』스킬.

냄비나 국자, 도마로 달걀 모양의 물체(구체라면 대부분 OK)를 반사할 수 있다.

"역시 주인님. 세상에 둘도 없는 완벽한 스킬이다."
"아니, 잠깐만 기다려 주세요. 방패로 상대를 회전시키다니…?"

"소매치기야——! 누가 좀 잡아주세요————!"

길 저쪽에서, 고함소리가 들려왔다.
우리가 그쪽을 보니, 복면으로 얼굴을 가린 남자가 손에 가죽 주머니를 들고 뛰어오는 모습이 보였다.
그 뒤에는 맹한 느낌의 엘프 소녀. 필사적으로 남자를 쫓고 있다.
"비켜! 비켜! 비키라고——!"
"…그런데 나기 씨. 방패라면, 그것으로 인식되는 것이라면 문제없겠죠?"
"…아마도. 예를 들자면 저기서 달걀을 삶고 있는 냄비 뚜껑도 괜찮겠지."
옛날 RPG에는 「냄비 뚜껑」을 방패로 쓰는 것도 있었으니까.
이쪽 세계에서고 방어구로 인식되지 않을까.
"어쩔 수 없군요. 귀족이 곤란에 처한 분을 못 본 척할 수는 없으니까."
그렇게 말하고, 레티시아는 나한테 등을 돌리고 스킬 크리스탈을 가슴에 댔다.
"비키라고 했잖아! 안 들리냐!"

이쪽으로 뛰어오는 남자는 작은 단검을 들고 있다.

저녁 시간이고 지나가는 사람은 별로 없지만, 웬만하면 눈에 띄지 않게 해야겠지.

“가볍게 해보자. 레기.”

“소매치기가 상대라면 칼집에서 나올 필요도 없다. 해치워라, 주인님!”

“발동『유수 검술 LV1』.”

스킬을 발동하고, 소매치기 쪽으로 마검 레기를 찔렀다.

슈릉.

“————어?!”

단검을 흘려내자 소매치기의 자세가 무너졌다.

앞으로 고꾸라지는 꼴이 됐고, 그 앞에는 뜨거운 냄비 뚜껑을 든 레티시아.

“악당은 용서 못 한다! 발동『회전 순격』입니다!”

퍼억!

레티시아의 방패—냄비 뚜껑이 소매치기의 얼굴에 격돌했다.

다음 순간.

휘리리리리리빙글빙글빙글빙글빙글——!

소매치기의 몸이 엄청나게 회전했다.

척추를 중심으로 트리플 악셀. 그리고 4회전—8회전.

셀 수 없을 정도로 회전 운동을 피로한 소매치기는, 뇌가 흔들리기라도 했는지 거품을 물고 쓰러졌다.

그 손에서 은화가 든 가죽 주머니가 떨어졌다. 누군가의 지갑인 것 같다.

"그렇군요. 이 스킬은 이렇게 쓰는 건가요."

"응. 주위에서 보면 그냥 운 좋게 제대로 맞은 정도로 보인다는 게 포인트야."

치트로 보이지 않는 치트 스킬.

레티시아가 괴력을 지닌 것처럼 보이니까, 위협하는 데도 쓸 수 있는 좋은 스킬이다.

"고, 고맙습니다아!"

숨을 헐떡이면서 뛰어온 엘프 소녀가 우리 앞에 와서 고개를 숙였다.

우리는 그 소녀한테 가죽 주머니를 건네주고, 족탕 접수하는 분께 경비병을 불러달라고 부탁한 뒤에 그곳을 떠났다. 오래 있을 필요는 없다. 냄비 뚜껑을 멋대로 써서 죄송하다는 뜻으로 삶은 달걀을 전부 샀는데, 이건 선물로 가져가야지.

"주인님~. 『일하지 않고 먹고 살 수 있게』 되면, 집에 족탕을 만들어주라~. 뜨거운 물이 흐르는 걸로."

"그건 정말 매력적이네."

"연료비가 많이 들지 않겠습니까. 평범한 욕조로 참으세요."

어째선지 나와 레티시아의 손에 매달리는 레기.

레티시아는 신경 쓰지 않는 것 같으니까 괜찮긴 하지만.

"나기 씨."

"응."

"이 스킬은 잘 쓰겠습니다."

레티시아가 가슴에 손을 얹고 말했다.

"저는 귀족이란 타인을 지키기 위한 존재라고 생각합니다. 그러니 이 힘은 그것을 위해 쓰겠습니다. 뭐, 그러니까, 당신에게서 『치트 스킬』을 받은 사람 중에 노예가 아닌 건 저뿐이라는 게 신경 쓰이긴 합니다만."

"나한테서 스킬을 받은 사람이 노예가 돼야 한다는 룰은 없으니까."

그렇게 되면 내가 처음에 스킬을 팔았던 노예 상점 아저씨랑도 주종 계약을 해야 하잖아.

"이 『조리도구로 달걀을 밀어내는 스킬』도 감사히 받겠습니다. 원래는 대금을 지불해야겠지만—가격을 매길 수가 없군요. 너무 귀한 것이라서."

"괜찮아. 레티시아는 집까지 줬는데."

사실 그쪽이 훨씬 더 크다.

내 스킬은 너무 레어라서 팔아버릴 수도 없지만, 레티시아가 잘 써준다면 됐지.

"그럼… 여기서 실례하겠습니다."

우리는 다리 옆에서 멈춰 섰다.

레티시아는 지금부터 아는 상인의 가게로 간다. 거기서 마차를 타고 이 거리 근처에 있는 집락까지 같이 가기로 했다는 것 같다.

거기서 상품을 납품하는 일을 같이하고, 그 뒤에 메테칼로 향한다고.

짐은 이미 상인분한테 맡겨뒀다는 것 같다.

"아이네와 다른 분들을 잘 부탁드립니다. 당신이 신뢰할 수 있는 사람이라는 건 알고 있지만, 그 사람들은 금세 무모한 짓을 하니까요."

"나도 알아. 최대한 무리하지 않게 해줄게."

"마검 레기 씨도, 주인님을 잘 지켜드려야 합니다?"

레티시아는 몸을 숙여서 레기의 눈을 보면서 말했다.

"잘 알고 있다."

레기는 내 손을 잡은 채로 확실하게 고개를 끄덕였다.

"허나, 이별이란 정말 괴롭구나. 짧은 시간이었지만 이 몸은 파랑 머리가 마음에 들었다."

"어머나? 그랬나요?"

"그렇다. 옛날, 어느 왕의 보검이었던 시절에 만났던 고귀한 공주와 쏙 빼닮았다."

"……공주."

레기가 눈을 반짝거리면서 말하자, 레티시아는 쑥스러워하는 표정을 지었다.

공주라.

자작 가문 영애니까, 공주님이라고 할 수도 있겠지.

"…레기의 기억 속에 있는 공주님도 레티시아처럼 기품이 있는 사람이었겠지."

"당연하다. 참으로 기품이 넘치는 공주였지. 그래서 끝까지 자신의 성적 취향을 인정하려 하지 않았다."

……잠깐.

뭔가 이상한 소리를 시작했는데.

레티시아도 눈이 점으로 돼버렸고.

"그 공주는 파랑 머리와 마찬가지로 검을 사용했지. 처음에는 경장 갑옷을 몸에 둘렀지만 서서히 자신의 매력 때문에 주목을 받는 데 기쁨을 느끼기 시작하면서 갑옷의 면적이 적어졌고, 마지막에는 가슴과 허리만 가리는 갑옷――아니, 물론 온몸을 지켜주는 마법 갑옷이기는 했지만――을 입게 됐고, 알몸이나 마찬가지인 차림새로 왕을 호위하게 됐다. 파랑 머리여, 한번 시험해봐라. 자신의 본성을 깨닫는 것은 빠를수록 좋으니까. 안 그러면 멈출 수가 없게 돼서 결국 끈 같은 갑옷을 입고――하지마, 주인님. 내 본체를 개울에 담그지 말라고~!"

"정말이지. 레티시아가 그렇게 될 리가 없잖아."

레티시아는 자작 가문 아가씨고, 정의의 귀족이다.

사실은 은근히 존경하고 있고, 도와달라고 하면 무조건 도와줄 생각이다.

"대체 그 공주님과 레티시아의 공통점이라는 게 뭔데."

"외톨이를 싫어한다."

레기가 딱 잘라 말했다.

나와 레티시아가 반론할 틈도 없을 만큼, 딱 잘라서.
"그 공주님은 혼자만 따돌리는 걸 싫어했지. 그래서 소중한 사람의 주목을 받고자 했다. 노출도가 높은 갑옷을 입게 된 것도 그 탓이다. 그러니 파랑 머리도 자신에게 그런 성질이 있는지 아닌지, 주인님을 상대로 시험해봐야 한다고 본다."
"바보 같은 소리 하지 마세요, 레기 씨."
에잇, 하는 느낌으로, 레티시아가 레기의 볼을 쿡쿡 찔렀다.
"저는 이제 외톨이가 두렵지 않습니다. 왜냐하면, 새로운 친구가 있으니까요. 귀족 중에서 외톨이가 되는 것 따위는 일도 아닙니다."
"재미없구나."
"당신 마음대로는 안 됩니다, 라는 얘기죠."
씩, 이를 드러내고 웃는 레티시아.
"그럼, 가보겠습니다."
"그래, 조심하고."
나와 레티시아는 서로 손을 잡았다.
"가도의 고블린은 쓰러트렸지만, 피 냄새 때문에 다른 마물이 나올지도 몰라. 엄중하게 경계하고."
"알겠습니다."
"늪지에 슬라임하고는 친해졌지만, 그 주위에 새 몬스터가 있었지. 상인 캐러밴한테 말해서 궁수를 준비하는 게 좋겠어."
"그렇군요. 제가 말해두겠습니다."
"가도가 잘 정비되지 않아서 길 왼쪽이 높이 올라와 있어. 아마 그쪽이 많이 흔들릴 테니까 마차에 탈 때는 반대쪽에 타고. 갑자기 전투가 벌어졌을 때 달팽이관이 흔들리면 위험하거든. 그리고—."

"당신, 그 짧은 시간에 거기까지 관찰한 겁니까?!"

어쩔 수 없잖아, 그런 성격이니까.

최대한 편하게 살아남으려면 지형이나 환경을 알아두는 것도 중요한 일이잖아.

"알겠습니다. 충고는 감사합니다. 저도 기대할 일이 생겼으니까요."

"기대?"

"아이네와 당신의 귀여운 노예들의 미래, 라고만 해두겠습니다."

그렇게 말하고 레티시아는 내 손을 놓아줬다.

레기랑도 악수하고, 그리고 우리에게 등을 돌렸다.

"그럼, 또 뵙겠습니다. 이상한 주인님 소마 나기 씨. 애검 레기 양."

"'애검'인가! 좋구나! 그 칭호, 감사히 받겠다!"

걸어가는 레티시아에게 레기가 힘차게 손을 흔들었다.

레티시아는 그대로 다리를 건너서 큰길 쪽으로 걸어갔다.

"왠지 쓸쓸하네."

레티시아와 만난 지 며칠 되지도 않았는데.

"흥. 무슨 소린가 주인님. 왕이란 고독한 법이다."

레기가 빨간 트윈 테일을 흔들면서 내 쪽을 봤다.

"그대의 신하와 총애하는 아가씨들과 만나고 헤어진다. 그것이 왕의 숙명이다."

"아니, 난 왕이 아니잖아. 친구와 헤어져서 쓸쓸한 건 당연하지 않겠어?"

"그렇다면 원래 살던 세계에서 친구라는 것이 있었나?"

"…………대답은 거부할래."

어릴 적에는 집안 사정 때문에 전학을 많이 다녀서 친구를 만들 시간이 없었다.

"그러는 넌 어떤데, 레기?"

"흥. 무슨 소린가 주인님. 마검이란 고독한 법이다. 친구 따위……."

"……."

"뭐, 뭐냐 주인님! 그 쓸데없이 상냥한 눈은――!"

"너야말로 왜 눈물을 글썽이는데."

어째선지 다리 옆에서 마주 보고 있는 나와 레기.

마침내 레기는 나한테서 눈을 돌리고 쑥스럽다는 듯이,

"저기, 주인님."

"왜, 레기."

"주인님한테 검인 이 몸은 신뢰할 만한 무기지?"

"너도 내가 본체를 들고 다니지 않으면 멀리 이동할 수도 없지."

"그러니까 우리는 신뢰 관계로 맺어졌다고 해도 과언이 아니다."

"틀린 말은 아니네."

"그러니까 주인님과 이 몸은 주종관계를 넘은 우정을 맺어야 한다고 생각한다."

“서로 목숨을 맡기는 사이니까.”

꽉.

왠지, 나와 레기는 손을 맞잡았다.

“초보 모험자인 나는 너 같은 마검이 없으면 제대로 싸울 수도 없으니까.”

“주인님은 이 몸을 소중히 다뤄준다. 신뢰하고 있다.”

그냥 엉큼한 마검이었던 레기도 변하기 시작했나.

그렇겠지. 스킬도 달라졌고 이렇게 같이 여행도 하게 됐으니까.

“우정의 상징으로 이 몸의 소원을 들어주겠나?”

“일단 말해봐.”

“어디선가 슬라임을 조달해서, 노예들의 침상에 몰래 들어가게—.”

“역시 넌 그냥 노예로 해야겠다.”

“주인님 못됐어——.”

그렇게 해서, 주종관계와 어렴풋한 우정 같은 뭔가를 느끼며, 나와 레기는 손을 잡고 별장으로 돌아갔다.

제9화 「불청객과 수분을 다루는 자」

"그렇군요. 레티시아 님이 돌아가셨나요."

저녁 식사 때, 세실이 쓸쓸해하며 말했다.

테이블 앞에 앉아 있는 사람은 나와 세실과 리타, 아이네까지 네 명.

메뉴는 선물로 사 온 삶은 달걀과 덴가라돈 멧돼지 햄이다.

아이네는 깜박하고 다섯 명분 식기를 꺼냈다가 곤란한 표정을 짓고 있다.

리타도 레티시아의 냄새가 사라진 탓인지 마음이 놓이지 않는 모양이고.

"꼭 다시 만날 거야."

아이네가 수프 그릇을 나눠주면서 말했다.

"그래. 레티시아는 우리 주소도 알고, 우리도 당분간 이동할 예정이 없으니까."

"맞아요. 이대로 아무 일도 없이 이르가파로 가기만 하면 돼요."

"여행도 거의 다 끝났으니까."

그런 얘기를 하고 저녁 식사를 시작했다.

세실과 리타가 도와줘서 만든 햄 볶음은 약간 맵지만 맛있다. 삶은 달걀이 들어간 수프도 차분한 맛이었다. 우리는 앞으로의 예정에 대해 이야기하면서 느긋하게 식사를 했다.

생각해보면 앞으로 계속 넷이서 살게 되는데.

어느샌가 이게 아주 당연해졌네.

만나서 그렇게 오래된 것도 아닌데.

왠지… 신기한 기분이다.

계속 이렇게 살아왔던 것 같은—그런 기분이 든다.

"이르가파까지는 이제 하루만 더 가면 되는데, 마음 단단히 먹고 가야겠지."

빵에 수프를 적시면서, 리타가 말했다.

"모험자도 상단도, 마을에 도착하기 직전에 마물한테 공격당하는 일이 있으니까."

"나도 알아. 집에 도착할 때까지가 소풍이잖아."

"그 이야기는 잘 모르겠지만, 제대로 장비를——."

그렇게 말하던 리타가 갑자기 말을 멈췄다.

진지한 얼굴로 내 눈을 똑바로 봤다.

"나기. 기척이 느껴져. 누가 이쪽으로 오고 있어."

"마물?"

"…아냐. 금속 부딪치는 소리가 나. 사람이야."

리타의 목소리를 들은 아이네가 빗자루를 들고 창문 쪽으로 갔다.

"병사 같아. 숫자는 셋. 이런 시간에…?"

안 좋은 예감이 든다.

시간을 고려하지 않고 찾아오는 사람은 보통 제대로 된 인간이 아닌데.

힐러가 온 건가? 하지만 족탕에 가는 김에 괜찮다고 얘기했는데.

"내가 얘기해볼게. 세실은 내 뒤에서 대기. 아이네는 무슨 일이 일어나도 대처할 수 있게 준비하고."

"나기, 나는?"

"리타는 방에서 레기를 가져다줘. 그리고 만에 하나의 경우에는 이리스한테 연락을 해주고."

"알았어."

동물 귀를 흔들면서, 리타는 내 지시에 따랐다.

자, 그럼.

불청객 분들은 뭘 하러 오신 걸까.

"늦은 시간에 실례하겠다!"

문 두드리는 소리가 났다.

"우리는 이리스 님을 섬기는 호위다! 문을 열어라!"

"…뭐야, 이런 시간에."

나는 하품하는 척하면서 '반쯤 잠들어 있었다'라는 얼굴로 문을 열었다.

문 앞에 서 있는 것은 갑옷 입은 남자 세 명이었다.

맨 앞에 서 있는 사람은 수염을 기른 덩치 큰 남성.

한눈에 봐도 강인한 전사라는 느낌이다.

"우리 동료가 몸이 안 좋아서 말이야. 큰 소리는 내지 말아줘."

"이쪽도 급한 일이다."

"알았다고. 힐러를 거절한 탓에, 이리스 님이 우리 마법사가 어떤지 걱정해주시는 거지? 나중에 본인이 인사하러 간다고 전해줘. 착한 애니까 금세 친해질 거라는 말도 해주고."

말을 던져봤다.

수염을 기른 병사는 얼굴을 찌푸리고 날 노려봤다.

"아니면, 내가 지금 이리스 님한테 갈까?"

"필요 없다."

"가는 김에 책도 돌려드릴까 하는데."

"그건 바로 돌려주길 바란다."

"…왜?"

"귀하 같은 정체도 모를 자들이 더 이상 이리스 님과 만나게 해서는 안 된다고, 마틸다 님께서 그리 말씀하셨다. 우리는 그 말을 전하기 위해 왔다. 날이 밝으면 바로 이 마을에서 나가라."

차려 자세를 유지한 채, 수염을 기른 병사가 말했다.

마틸다 님—그 메이드 분인가.

그 사람이 이 녀석들을 보냈다. 경고하려고?

…아니, 그건 아니지.

뒤에 있는 두 사람은 내가 도망치지 못하도록 좌우로 갈라져서 대기하고 있다.

"또한, 지금부터 우리는 엄중 경계 태세에 들어간다. 저택에 접근하는 자는 누가 됐건 제거한다. 기억해두도록."

"누가 됐건?"

"그렇다."

"고용한 모험자들은?"

"놈들은 저택 밖을 지키게 된다. 너는 입장을 이해하지 못한 것 같군. 잘 들어라."

병사들은 검 자루를 철컥, 하고 울렸다.

"우리는 이르가파 영주 가문으로부터 정식으로 고용된 병사—즉 정규병이다. 일시적으로 고용된 모험자와는 신분이 다르다!"

…이쪽 세계에도 이런 놈들이 있었나.

신분이네 입장이네—한심하게. 목적은 똑같으니까 협력하면 좋을 텐데.

"이리스가 이런 놈들을 골라서 고용한 건가…?"

"바보 같은 소리! 이리스 님이 그런 잡일을 신경 쓰실 리가 없지 않은가!"

정규병이 가슴을 활짝 펴고 말했다.

"우리는 영주님이 직접 고용하셨다! 이리스 님은 무녀로서의 사명과 제사 준비, 이르가파의 무역 수지 계산과 재고 관리 등, 많은 일을 하고 계시다. 병사나 모험자를 고용하는 시시한 일은 전부 영주님이나 메이드의 일이다."

"잠깐만."

이리스의 일은 제사의 무녀와 재무 등의 서류 업무.

중요 인물이라서 자유롭게 밖에 나갈 수가 없다. 이번 성묘는 예외.

자기 주변에 있는 사람을 고를 수도 없다는—그런 얘긴가?

"…그 일, 이리스가 원해서 하는 거야?"

"영주님께서 이르가파를 지키는 무녀인 이리스 님을 신뢰해서 맡기신 일이다. 그 이상의 명예가 어디에 있나? 그만한 일을 맡겼다는 것은 신뢰의 증거가 아닌가!"

"하지만 자기가 있을 곳도, 주위에 있는 사람도 고를 수가 없잖아?"

"이리스 님은 중요 인물이다. 또한, 영주님께서 언제 일을 맡기실지 모르기 때문에 항상 대기하고 계신다. 그래서 이리스 님께 쓸데없는 생각을 하게 만드는 너희는 방해되는 존재다."

구역질이 났다.

그렇구나, 이리스한테는 무녀의 지위는 있지만, 인사권도 일을 고를 권리도 없는 건가.

지위는 높지만, 자유는 없다. 언제 일을 떠넘길지도 모른다.

그건… 자유가 없는 중간 관리직이라는 게 아닌가…?

일 배분도 결정권도 전부 상자가 쥐고, 자신은 책임만 떠맡는다. 게다가 도시를 짊어지는 무녀라는 압박감 포함. 목숨을 노리는 놈도 있고. 현장에는 말을 안 듣는 놈이 있다. 제사를 잘 처리한다고 해서 휴가를 주는 것도 아니다.

중간 관리직 중에서도 상당히 안 좋은 쪽이네….

"그거… 너무 이상하잖아."

원래 세계에도 똑같은 처지인 사람이 있었지.

내가 아르바이트했던 직장 중에서 비교적 '제대로 된 어른'이 되려고 했던 중간 관리직이.

본부가 현장 상황도 시간도 무시하고 내리는 지시를 지키려고, 현장의 아르바이트한테 우는소리를 해가면서 어떻게든 그 일을 해냈다. 그 뒤에 한계가 와서 견디지 못하고 본부에 항의했다가 찍혔고—결국 퇴직하는 쪽으로 몰렸다.

그만둘 때 아르바이트인 나한테까지 인사하러 왔던 사람이라 잘 기억하고 있다.

그걸 본 뒤로 절대로 중간 관리직은 안 할 거라고 생각하게 됐다.

하지만… 이리스의 경우에는 더 심하다. 이리스는 『무녀』라는 입장에 얽매여서 일을 그만둘 수도 없으니까.

하다못해 이리스에게 자유와 결정권을 주고 좀 더 편하게 일할 수 있도록 해주면 좋을 텐데.

"자기가 아무것도 선택할 수 없다니— 당신들은 그게 이상하지도 않아?"

"왜 이상한가!"

딱 잘라 말했다.

"우리는 조상 대대로 이르가파 영주 가문을 섬기고 있다. 근무 기간도 15년이 넘는다. 그만큼 우수하다고 인정받았다는 뜻이다! 우리만큼 이리스 님의 마음을 이해하는 자는 없다! 그런데… 모험자가 이리스 님의 삶의 방식에 참견하다니, 건방진 것도 정도가 있지!"

"난 이리스 친구니까."

어쩌다 보니 그렇게 됐지만.

하지만, 이리스는 우리를 대등하게 다뤄줬다.

약속도 지켜줬고, 노예인 리타한테도 정중했다.

"동정 정도는 해도 되잖아."

"헛소리 마라! 애당초 동료가 몸이 안 좋아서 의뢰를 못 받겠다니, 너희는 일을 우습게 보고 있는 것이 분명하다! 그런 놈들이 가까이에 있으면 우리의 근로 의욕이 떨어지게 된다! 어떻게 해줄 것이냐!"

"알 게 뭐야!"

"아무튼 너희도, 너희가 가진 정보도 필요 없다!"

"…정보라니."

우리는 언데드와 『검은 갑옷』의 정보에 대해, 이 동네 경비병들에게 분명히 전했는데.

목격 증언으로 갑옷 알맹이가 걸쭉한 이형의 괴물이라는 것도 가르쳐줬다. 갑옷이 상당히 단단했다는 것도. 마법 검이나 아니면 워해머 같은 타격계 무기로 관절 부분을 뭉개서 움직임을 막는 쪽이 좋겠다는 의견까지.

이 자식들, 그걸 듣기는 한 거야?

"흥! 우리 정규병이 네놈들 따위의 정보를 참고로 할 리가 없지 않느냐."

"…제정신인가."

원래 세계에서도 현장 사람들의 의견을 무시하는 상사가 있기는 했는데 말이야.

이쪽 세계에서는 목숨이 걸려 있는데.

"네놈, 태도가 좋지 않구나."
수염 기른 병사가 혀를 찼다.
그것을 신호로 뒤에 있는 병사들이 칼을 뽑았다.
"혹시 네놈이 『검은 갑옷』을 조종했던 건 아닌가?"
"그랬으면 댁들이 온 시점에서 도망쳤지."
"우리를 방심하게 하려는 함정일지도 모른다. 적이라면, 조금 손을 봐주면 정체를 드러내겠지."
"정체를 드러내지 않는다면?"
"그건 정체를 잘 숨기는 적이다!"
웃기지 마.
이 자식들, 처음부터 내 얘기는 들을 생각도 없는 것 아냐.
"이리스 님께 대등한 친구 따위는 필요 없다. 외부인이 얼마나 믿을 수 없는 자들인지… 믿을 수 있는 사람은 우리들뿐이라는 것을 가르쳐드려야 한다!"
"최악의 교육 방침이네."
"무녀는 밖에서 살아갈 방법이 없다. 그래야만 한다. 그래서 너희는 방해가 된다."
병사가 칼을 겨눴다. 양날의 그레이트 소드다.
"그리고 정규 고용된 병사가 평범한 모험자한테 도움을 받게 되면 인사고과에도 영향이 있지 않겠나? 너희가 적이 되면 우리의 실수는 사라진다.
너희는 리빙 메일과 언데드들 조종했다. 이리스 님께 가까이 가기 위해 연극을 한 것이다. 참으로 악랄하구나. 성실한 우리가 깜빡 속을 뻔한 것도 무리가 아니겠지? 네 팔이나 다리를 가지고 가면 이리스 님도 진상을 알아차리겠지. 좋은 생각 아니냐?"

"전혀."

"…뭐라고?"

"작전에 무리인 부분이 너무 많아."

조금만 후벼주면 바로 허점이 드러나는 수준이다.

"우리가 없어진 뒤에 이리스가 공격받으면, 우리를 놓친 당신들 책임이 돼. 우리가 적이라면 이르가파 영주 가문의 병력이나 작전에 대한 정보를 가지고 도망치는 게 되니까."

"…윽."

"그렇다고 우리를 잡아서 이리스 앞으로 끌고 가면, 우리는 억울하다고 주장할 거야. 철저하게 이야기를 길게 끌겠지. 잡혀 있는 사이에 『리빙 메일』이 쳐들어오면, 거기서 우리의 무죄가 확정되지. 이리스를 납치한다는 목적을 아직 달성하지 못했으니까, 적은 언젠가 쳐들어오겠지?"

"적이 너희들 구하러 왔다고 하면 그만이다."

"이르가파 영주 가문의 부대는 용의자와 이리스를 같이 이동시킬 건가?"

"그… 그건."

"그럴 리가 없겠지. 우리는 이리스랑 떨어지게 돼. 적이 이리스를 공격한다면 우리는 그 자리에 있을 리가 없어. 그래서, 당신의 주장은 성립되지 않아."

"시… 시끄럽다! 주, 죽여 버리겠다!"

"현장의 판단으로 용의자를 죽이면 인사고과에 영향이 생기지 않을까?"

"쫑알쫑알 시끄럽다! 이 입만 산 모험자 놈!"

…정보 수집을 위해서 말을 해봤는데, 시간 낭비였나.

이 자식들, 제대로 된 정보는 하나도 없네.

하지만 뭐, 이르가파의 정규병을 신용할 수 없다는 걸 알았으니까 수확은 있네.

"당신들의 가장 큰 실수는—."

나는 손을 들었다.

공격 타이밍을 알리기 위해서.

"겨우 정규병 따위가 치트 캐릭터를 데리고 다니는 놈한테 시비를 걸었다는 거야!"

"정말 우습네요. 당신들한테는 『치트 스킬』을 쓰는 것도 아까워요."

세실의 목소리가 들려왔다.

내 뒤쪽에서, 허리에 손을 대고 서 있다. 목소리가 들린다. 영창이다.

세실의 입술에서 두 개의 주문이 동시에 흘러나왔다.

"정령이여 내 앞을 비춰라. 『라이트』!"

"정령의 숨결이여 내 적을 쏴라. 『플레임 애로』!"

세실은 가느다란 팔을 휘둘러서 손가락으로 병사들을 겨눴다.
오른손 손가락에서 발사된 것은 빛의 구슬.
왼손 손가락에서 발사된 것은 불꽃 화살.
불꽃 화살이 수염 병사의 가슴을 때렸고, 빛의 구슬은 뒤쪽에 있던 병사의 얼굴에 명중했다.
세실의 새로운 스킬 『이중 영창(더블 캐스트)』이다.
동시에 두 개의 주문을 외울 수 있게 됐다.
게다가 세실은 연속 영창. 레벨1 마법을 연속으로 쏠 수 있다.
"끄아아아아악!" "눈이, 내 눈이이이이!"
차례로 펼쳐진 마법을 맞고, 병사들이 비명을 질렀다.
"우리 주인님한테서 떨어져, 이 무례한 것들."
퍽, 빡, 빽.
그리고 뛰쳐나온 리타의 발차기가 세 명을 날려버렸다.
바닥에 자빠진 남자들의 머리 위에서, 이번엔.
"아, 죄송해요. 손이 미끄러졌네."
쏴아.
아이네가 뿌린 구정물이 쏟아졌다.
"금세 깨끗하게 해줄 거야. 바닥을."
쏴아, 쏴아, 쏴아.
아이네는 바닥에 늘어놨던 통에서 퍼낸 구정물을 병사들한테 뿌려댔다.

병사들의 발밑에 물웅덩이가 생겼다.

"나 군, 위험하니까 거기 있어. 안전거리에서 움직이지 마~."

아이네는 대걸레를 들고 우리한테 고개를 꾸벅.

"안전거리?"

나는 현관에 서 있다. 아이네와의 거리는 10미터 정도.

"이 스킬의 효과 범위는 그 정도야."

아이네가 대걸레로 물웅덩이를 때렸다.

멍하니 있는 병사의 얼굴을 노려보며, 선언했다.

"나 군한테 칼을 겨눈 죄는 백번 죽어 마땅해. 받아봐, 필살 『오수 증가 LV1』."

대걸레가—고속으로 회전하기 시작했다.

아이네의 발밑에서 물웅덩이가 소용돌이친다. 물의 양이 늘어난다.

동시에 내 발밑—정확히 말하자면 발끝 조금 앞의 지면이 갈라졌다.

마치 수분을 빼앗긴 것처럼.

"으, 으아아아아아아악!"

수염 병사가 발을 붙잡고 절규했다.

철제 갑옷 틈새로 불그스름한 물이 흘러나왔다.

저건— 병사의 땀—아니, 몸속의 수분?"

"…증가한 만큼의 물을, 주위에서 강제로 빨아들이는 건가."

『오수 증가 LV1』은 아이네가 청소 도구로 건드린 『구정물』을 20% 증가시킨다.

그리고 증가한 만큼의 물은 **주위에서 강제로 빨아들인다.**

땅바닥에서도, 식물에서도, 공기에서도. 사람이 구정물과 닿아 있다면, 그 체액까지도.

스킬 사용자인 아이네만 빼고.

"그만, 그만해, 뭐야 이거어어어어어언!"

"아이네는 아무것도 안 했어. 그냥 구정물을 늘리고 있을 뿐이야."

"으가아아아아악!"

병사의 두 다리가 경련하기 시작했다.

물통 다섯 개 분량 구정물의 20%면 어느 정도려나.

적어도 중증 탈수증 정도는 걸릴 정도의 수분이 되겠는데.

"힉, 히익…. 히이익…………."

"아이네, 그만. 계속하면 죽겠어. 여기 시체가 굴러다니면 일이 귀찮아져."

"예, 주인님."

아이네는 대걸레를 들어 올렸다.

수면의 소용돌이가 사라지고, 늘어난 구정물이 주위로 흘러간다… 어, 잠깐만.

지금, 구정물을 공간적으로 고정시키지 않았나?

이 스킬, 반경 약 10미터 안에 있는 구정물을 20% 늘린 상태로, 스킬을 해제할 때까지 **고정시키는 건가**?

…무섭다~. 『오수 증가 LV1』 무섭다~.

"크, 크억. 마, 말도 안 돼, 마법사는 병에 걸렸다고 했는데…

이건 아니잖아."

병사 세 명 중에 두 사람은 눈을 손으로 누른 채로 버둥대고 있다.

수염 병사는 물웅덩이에 손을 짚고서 부들부들 떨고.

"당신들 가치관은 이해할 수 없지만, 적대할 생각은 없어. 우리는 일하지 않아도 먹고 사는 게 목적이고, 다른 일에는 관심도 없어. 당장 이리스를 호위하러 돌아가."

물론 그 전에 아이네의 『기억 청소 LV1』으로 최근 몇 분 동안의 기억을 지우겠지만.

"시, 시끄럽다! 우리는 긍지 높은 정규병이다! 일시적으로 고용된 모험자 따위가 시키는 대로 할 이유는—."

내가 적이라면, 지금 당장 이리스를 납치하러 갈 거야.

정규병은 언데드한테 당한 뒤로 아마도 아직 완전히 회복되지 않았어.

모험자는 고용한 지 얼마 안 돼서 제대로 연계도 안 되고.

묘지의 부적이 부서진 탓에 마을 경비병들 관심은 그쪽으로 쏠려 있고.

적한테 전력이 있다면 지금 당장 쳐들어오는 게 제일이야.

"—그런 생각은 안 하는 거야?!"

"이런 마을 한복판에 적이 쳐들어올 리가 있나?! 그러면 책임지고 이 목숨을 내주마!"

"적이다~!"

병사가 소리 지른 직후에, 개울 건너에서 고함소리가 울려 퍼졌다.

이번에 사용한 스킬

『오수 증가 LV1』

청소 도구로 『구정물』을 증가시키는 스킬.

증가율을 10%+LV×10%. 효과 범위는 사용자를 중심으로 반경 10미터 전후.

늘어나는 만큼의 물은 흙과 식물, 공기 등 구정물과 접촉한 것에서 강제로 흡수한다.

아이네 이외의 인간이 구정물에 닿아 있을 경우에는 체내의 수분을 빼앗긴다. 아주 위험.

또한 구정물 위에 빨래를 널어놓고 스킬을 발동하면 순식간에 말라버린다는 숨겨진 기능이 있어서, 아이네한테 딱 맞는다.

제10화 「클레임 대응과 전설의 목격자」

저 멀리에 보이는 수많은 화톳불.

저건 아마도 이리스네 집에서 고용한 모험자들이다.

"리타, 『기척 탐지』."

"…이 발소리랑 날갯소리는… 알겠어요."

리타가 눈을 크게 뜨고 날 쳐다봤다.

"어제 그 『리빙 메일』이에요, 주인님. 마을 큰길을 걸어가고 있어요. 이리스가 있는 초고급 별장지대로 가고 있어요. 그리고 하늘을 나는 마물이 다수. 날갯소리를 보면 박쥐로 추정돼요."

여기서는 거리가 좀 떨어져 있다.

리타의 『기척 감지』로도 알 수 있는 건 그 정도인가.

"…마족이다."

수염 병사가 떨리는 목소리로 말했다.

"소문으로 듣던 대로다. 그 『리빙 메일』은 마족이 조종하고 있었다! 살아남은 마족이 이르가파를 멸망시켜서 대 마왕 전쟁의 보급로를 끊으려고 한다는 그 소문!"

"뭐라고?!

뭔 소리야, 이 자식.

난 세실 쪽을 봤다. 눈이 휘둥그레졌다. 떨고 있다. 겁먹었다.

눈앞에 있는 병사를 이대로 말린 오징어로 만들어버리고 싶어졌다.

"실제로 마족을 본 자가 있다! 머리에는 배배 꼬인 뿔이 두 개

달렸고, 등에는 박쥐 날개가 있다고. 자기가 『마족』이라고 했고, 인간 세상을 전부 멸망시키겠다고 소리를 질렀다고 했다!"

하지만 수염 병사는 계속 소리를 질렀다.

"누구한테 들었는데?"

내가 묻자 병사는 힉, 하는 비명을 질렀다. 겁먹었네.

거짓말은 아닌 것 같지만.

"소문의 출처 따위를 어떻게 아나! 하지만, 다들 그렇게 말했으니까 사실이다!"

말도 안 돼.

마족을 세실만 빼고 전부 멸망했다. 잔류사념 아슈타르테도 그렇게 말했고, 마족인 세실 자신이 그렇게 증언했다. 세실의 스테이터스에도 『마족』이라고 나왔고, 그런 세실이 인간을 미워하지 않는다는 건 『명령』했던 때에 확인했다.

그리고―.

"배배 꼬인 뿔에 박쥐 날개라고? 그런 중2병 마족이 어디 있어."

웃기지도 않는 소문으로 우리 세실이 겁먹게 만들지 말라고.

"마족은 작고 씩씩하고, 온몸이 말랑말랑해서 만지면 기분이 좋고, 좋은 냄새가 나고, 귀여운 목소리를 낸다고! 네가 한 얘기는 완전히 헛소리야!"

"어, 어떻게 장담하는 거냐?!"

"내 고향은 동방의 섬나라야. 거기에는 마족의 초상화랑 자세한 기록이 남아 있었어."

뻥이지만.

"그리고 난 마족 연구자야. 그래서 마족의 모습도 약점도 알고 있지."

이건 진짜고.

세실이 이상하다는 표정을 지었다.

나는 정규병들 몰래 샤샤샥, 내 귀 뒤쪽, 겨드랑이, 쇄골을 가리켰다.

마족이랄까, 아까 확인한 **세실의 약점**이지만.

"…푸슈."

의미를 이해했는지, 세실이 새빨개져서 주저앉았다. 귀엽다.

"이 세상에 나만큼 마족과 가까운 인간은 없어. 그런 나한테 헛소리하지 말라고!"

"그… 그렇다고, 적이 마족이 아니라는 증거는…."

"그건 지금부터 증명해주겠어. 넌 잠이나 자고 있어!"

내가 신호를 보내자, 뒤에 서 있던 아이네가 대걸레를 휘둘렀다.

얼굴을 문지르자 병사들은『기억 소거 LV1』의 스턴 효과로 기절.

전부 물웅덩이 속에 자빠졌다.

"리타, 적이 이쪽으로 오는 기척은?"

"없어.『검은 갑옷』이랑 박쥐는 개울 앞에서 교전 중. 여기선 꽤 떨어져 있어. 그리고 적의 목적은 이리스잖아."

"우리를 노릴 이유는 없겠지."

"정규병이랑 모험자들이 이길 수 있을까? 나기."

"내 경험을 바탕으로 말하자면, 원청과 하청이 같이 일을 할 때는 제대로 이야기를 나눌 수 있고 정보가 잘 전달되고, 서로 가 할 수 있는 일과 할 수 없는 일을 파악하고, 지위나 입장으로 차별하지 않고 서로의 스킬을 인정하면 잘 되는데."

"절망적이네."

"그치."

게다가 이리스 쪽 전력 일부는 내 발밑에 자빠져 있다.

적을 격퇴하건 못 하건, 중요한 때에 놀고 있었으니 이 자식들 인생은 끝장났다. 끝나버린 인생이라면 우리가 이용해도 되겠지.

우리를 『친구』라고 불러준 이리스—그런 이리스가 위험하다.

『가짜 마족』의 소문.

우리들의 평화로운 생활.

모든 문제를 해결하기 위해서 이 녀석들을 이용하자.

"그럼, 다 같이 이리스한테 클레임 걸러 가볼까."

내가 말했다.

다들 눈이 점이 돼버렸다.

"부하의 실수는 상사가 책임져야지? 그리고 이놈들은 이르가 파 영주 가문에서 정식으로 고용된 병사님들이고. 그 녀석들이 우릴 죽이려고 했으니까, 한마디 할 권리 정도는 있지 않겠어?"

"잠깐만 나기. 이리스를 도와주러 간다는 얘기 아니야?"

"아니야. 나는 이리스한테 클레임 걸러 가려는 거야. 그러니까 그걸 **방해하는 적**은 온 힘을 다해서 제거할 거고."

"—어라?"

"우리는 이리를 조용히 얘기할 수 있는 곳까지 데리고 가서 클레임을 걸 거야. 이 병사 놈들이 저지른 짓을 얘기하고, 책임자로서 사과와 약간의 성의를 받는 거지. 그걸 방해하는 적은 날려버리고. 그것뿐이야."

"솔직하지 못하네… 그게 도와준다는 얘기잖아."

뭐, 그렇긴 한데.

엮여버렸으니까. 그냥 둘 수는 없지. 이리스, 그렇게 어린 애가.

원래 세계에서 아르바이트하던 곳에 있던 중간 관리직 아저씨처럼 자유도 선택지도 없는 채로 없어지는 모습은 보고 싶지 않아.

무녀와 중간 관리직을 떠맡고, 납치당하고—최악의 경우에 죽기라도 하면 찜찜하니까.

그리고 이리스가 무사해야만 하는 이유가 있다.

이 세계에 온 지 얼마 안 된 나한테 이르가파 영주 가문에 친구가 있다는 건 상당한 어드밴티지가 된다. 이번에 빌린 『혼약』에 관한 책도 상당한 귀중품이다.

그리고 수염 병사들이 우리한테 한 짓도 지금 당장 이리스한테 전해야 한다. 가능하다면 이리스한테 『정규병이 우리를 공격했다』고 공식적으로 인정해줬으면 싶다. 나중에 이 자식들이 둘러대기라도 하면 곤란하니까.

그리고 지금부터 우리는 이리스의 집안이 있는 지역에서 살게 된다. 『마족이 이리스 님을 잡아갔다』라는 얘기라도 들리면 편하게 살 수가 없으니까. 이리스를 공격하는 적의 정체 정도는 확인해두고 싶다.

적이 진짜로 『가짜 마족』이라면—다시는 이런 짓을 못하게 해 주겠어.

"그렇게 해서, 우리의 목적은 적중돌파를 한 뒤에 이리스가 있는 곳까지 가는 것. 클레임을 걸고 『약간의 성의』를 받는 것. 그리고 가능하다면 『가짜 마족』의 정보를 얻는 거야. 알겠지."

나는 우리 일행에게 작전에 관해 설명했다.

리타한테는 예비 스킬 크리스탈을 주자. 이쪽은 만에 하나를 위해서.

나는 마검 레기를 쥐었다.

머릿속에 『말은 잘 하지. 이 '츤데레' 주인님 같으니』라는 소리가 울렸다. 시끄러. 그런 말을 어디서 배웠—아, 내가 가르쳤나.

이 세계에 없는 말은 그냥 소리로 해석돼버리니까….

뭐 됐고.

자, 기다려라 이리스 하페우메어.

너한테 잘못은 없지만, 고용주로서 내 클레임을 들어줘야겠어.

그리고… 만약 정말로 있다면—기다려라 『가짜 마족』.

세실의 동족을 사칭한 죗값은 무슨 수를 써서라도 치르게 해 줄 테니까.

"어째서 이렇게 된 거야… 죽기 싫어…."

어둠 속에서, 엘프 소녀가 멍하니 중얼거렸다.

소녀는 이르가파 영주 가문이 고용한 모험자 중의 한 사람이었다.

무기는 활과 낮은 레벨의 공격 마법.

그리고 이번이 첫 의뢰.

긴장하면서 의뢰에 참가한 그녀의 눈앞에서 아군이 전멸하고 있다.

"……이런 얘기는 못 들었다고."

어째서 이렇게 운이 없는 걸까.

키워준 부모와 사이가 나빠서 마을에서 뛰쳐나왔고, 겨우 모험자 파티에 들어왔나 싶었더니 수습이라고 막 부려먹고…… 처음 참가한 퀘스트에서 파티가 괴멸.

같이 의뢰에 참가한 모험자들도 거의 바닥에 쓰러져 있다.

이르가파 영주 가문의 의뢰는 「마물이 이리스 하페우메어를 노리고 있으니 지켜주기를 바란다」—그것뿐이었다.

적이 『리빙 메일』이라는 얘기는 못 들었어.

게다가 대량의 뱀파이어 배트까지 데리고 다닌다는 정보는 하나도 없었다.

『뱀파이어 배트.

큰 박쥐의 상위판.

몸도 날개도 빨갛다. 그 발톱으로 적을 찢어발기고 물어뜯어서 피를 빤다.

발톱과 이빨에 스턴 효과가 있다.』

그 스턴 능력 때문에 모험자들은 차례로 쓰러졌다.

처음에 회복 담당이, 다음에 마법사가 스턴 당했다. 싸울 수 있는 사람은 다섯 명밖에 안 남았다.

방위선은 다리 위. 다리 건너편에는 이르가파 영주 가문의 별장이 있다.

자신들이 할 일은 적이 개울을 건너지 못하게 하는 것.

적은 십여 마리의 리빙 메일. 그것만 해도 귀찮은데, 하늘을 날아다니는 박쥐가 머리 위에서 끈질기게 공격해댄다.

"아 진짜, 이리 오지 마! 난 초보자란 말이야!"

하늘을 나는 뱀파이어 배트는 그녀가 날린 화살을 간단히 피해버렸다.

"이젠 싫어…… 나 집에 가고 싶어."

시간은 밤. 주위는 어둠.

연계라고는 되지도 않는 아군.

지시만 하고 저택에 틀어박힌 정규병.

그에 의한 정보 부족.

모든 것들이 모험자들한테 불리하게 작용하고 있다.

리빙 메일들은 일렬횡대로 마을의 큰길을 따라서 이쪽으로 오고 있다.

엘프 소녀 뒤에는 개울과 폭이 넓은 돌다리.

여기를 돌파당하면 바로 이르가파 영주 가문의 저택이다.

"정규병들을 왜 안 오는 거야아아아아아?!"

전위에서 싸우는 전사가 리빙 메일한테 맞아서 날아갔다.

간신히 방패로 막아냈지만, 힘 차이가 너무 났다. 전사의 몸이 날아가서 엘프 소녀의 발밑에 떨어졌다.

『우리는 납기를 지켜야만 한다.』
『우리 주인이 바라는 것을 이뤄드리기 위해.』
『그것은 마(魔)의 복권. 분수를 모르는 인간들을 혼내주는 것.』

리빙 메일들은 소리를 지르며 일렬횡대로 걸어왔다.
진로를 가로막는 것은 아무것도 없다.
우적우적 소리가 난다. 뱀파이어 배트가 리빙 메일 속에서 떨어지는 살을 먹고 있다. 그들은 공생 관계였다. 이런 건 본적도 없다. 이것들을 조종하는 놈이 있다면, 정말로 마족 같은 생물일 것이다.
『나는 마의 편. 해룡 후예의 피를 바란다. 그것으로 세계를 변혁한다.』
리빙 메일이 소리를 지른다.
이제 곧, 이리로 온다.
엘프 소녀는 떨면서 활을 겨눴다.
"싫어. 죽기 싫어. 이런 건 싫어— 누가, 누가 도와줘!"

"예, 알겠습니다. 지금부터 주인님이 지나가니까 길 비키세요!"

빠아아아아악!

어둠 속에서 뛰쳐나온 누군가가 리빙 메일의 머리를 걷어 찼다.

엘프 소녀의 눈에 들어온 것은 금색의, 짐승 같은 그림자.

리빙 메일에게 공격을 날린 짐승은 공중에서 한 바퀴 돌고 착지.

바닥에 쓰러져 있는 모험자들의 목덜미를 붙잡더니 "흠" 하고 집어던졌다. 발로 찬다. 엄청난 힘이다. 단 한 순간 짐승의 팔다리가 창백하게 빛나고, 모험자들의 몸이 전투 에어리어 밖으로 굴러나갔다.

저 빛은—『신성력』?!

『이 세상의 시작에 존재하는 근원을 불러 깨운다. 모든 생명을 만들고 모든 생명을 이끄는 것.』

『그는 무형의 성벽. 세상의 시작에 존재한 제로의 화염. 천공을 태우는 것.』

영창 소리가 들린다. 어디서 나는 소리지.

"움직일 수 있는 사람은 다친 모험자들을 피난시켜! 『리빙 메일』은 이쪽에서 맡을 테니까!"

금색 짐승이 소리쳤다.

그 짐승의 기세에 떠밀린 것처럼, 전투 중이던 모험자들이 시키는 대로 움직이기 시작했다.

『모든 산 것들이 건드릴 수 없는 파도. 여명을 고하고 하늘을

도는 것으로부터 쏟아진다. 하늘을 채우는 수많은 별들로부터 쏟아진다. 칭송하라. 모든 생명은 칭송하라.』

『그 누구도 넘을 수 없는. 그 누구도 침범할 수 없는 무형의 성벽. 형태가 없기에 무너지지 않고. 형태가 없기에 부서지지 않는다. 그것은 신비한 원소의 벽.』

영창이 계속되고 있다. 어리지만 아주 예쁜 목소리.

공중에서 뱀파이어 배트가 편대를 짜고 있다. 금색 짐승을 노린다.

엘프 소녀는 활시위를 당겼다.

지켜줘야 한다. 사정은 모르겠지만 저 사람은 같은 편이다.

하지만—

『바로 지금, 여기에 일륜의 원소를 소환하나니! 라이트!』

공중에 나타난 거대한 빛의 구슬이, 엘프 소녀의 시야를 온통 흰색으로 물들였다.

빛이 리빙 메일과 뱀파이어 배트 편대를 집어삼켰다.

그리고—

『홍련인 명부의 최종 방벽을 소환하나니! 플레임 월!』

대피한 모험자들과 리빙 메일 사이에 불타오르는 성벽이 나타났다.

심홍색 불꽃으로 만들어진 거대한『불의 벽』.

"—대단해. 뭐야 이거?!"

엘프 소녀는 소리를 질렀다.

이건 말도 안 된다.『플레임 월』의 높이는 기껏해야 사람 키나 그 두 배 정도.

성벽보다 높은『플레임 월』이 있을 리가.

두께는… 상상도 못 하겠다. 도저히 지나갈 자신이 없다.

"기기기기기기기기기기익——!!"

눈이 먼 뱀파이어 배트들이 차례차례 불의 벽에 뛰어들었다. 타고, 지져지고, 숯덩이가 돼서 개울에 떨어진다.

리빙 메일도 마찬가지다.

기세 좋게 돌진하던 놈들은 그대로 불의 성벽에 삼켜졌다.

"뱀파이어 배트와 리빙 메일을 한방에 소탕. 겨우 마법 두 발로?! 세상에…."

엘프 소녀는 자기도 모르게 뒷걸음질 쳤다. 너무 대단해서 압도당했다. 다리가 부들부들 떨리기 시작했다.

차원이 너무 다르다. 이런 마법이 이 세상에 있다니—."

지금, 자신은 전설을 보고 있다.

자기도 모르게 뛰어갔다. 다리를 건너서 도망치는 수밖에 없다.

"이걸로 됐어. 타고 남은 리빙 메일은 내 동료들이 처리할 테니까!"

"처리…?"

불쑥.

불의 벽을 뚫고, 리빙 메일이 나타났다. 완전히 타버리지 않은 놈이 있었다.

그 녀석은 망설이지도 않고 개울로 뛰어들었다.

치익, 김이 피어오른다. 개울 속에서 불을 끌 생각일까.

하지만, 어째서지. 개울이 소용돌이치고 있다. 허리까지밖에 잠기지 않는 얕은 개울인데.

그리고 다리 아래쪽만, 묘하게 수면이 높은 것 같은데?

"발동이야. 『오수 증가 LV1』."

후둑.

개울에 빠진 리빙 메일의 몸이 무너졌다.

마치 몸의 **수분을 순식간에 빼앗긴** 것처럼.

수면에 거품이 인다. 갑옷 잔해가 하류로 흘러간다.

타고 남은 리빙 메일들은 차례로 같은 운명이 됐다.

치익, 치익, 치이이익.

"대, 대체 무슨 일이…."

"역시 이 스킬은 물이 많을수록 피곤해. 영차."

개울가에서, 메이드복을 입은 소녀가 올라왔다.

"이쪽은 여기까지야. 뒷일은 부탁할게, 주인님."

소녀가 어둠 속을 향해서 말했다.

엘프 소녀가 그쪽을 보니 거기엔 금색 짐승—아니, 금색 머리카락의 수인과 검은 머리카락의 소년. 그리고 그 소년이 옷 위로 가슴을 주무르고 있는, 그게 너무나 행복한 것 같은 작은 다크 엘프 소녀가 있었다.

얼굴은 안 보인다. 특대형『라이트』때문에 아직도 눈이 침침하다.

"잘 했어. 레벨2 화염 마법은 처음이지?"

"주인님과『합체』했으니까요… 계속 이러고 싶어요. 에헤헤."

소년의 손이 움직일 때마다 다크 엘프 소녀가 뜨거운 숨을 내쉬었다. 그 모습을 수인 소녀가 손가락을 입에 물고 쳐다보고 있다. 지금도 활활 타오르고 있는 불의 성벽을 배경으로 한, 신기한 장면.

뭐야 이거.

"저, 저기!"

엘프 소녀는 자기도 모르게 말을 걸었다.

"아까, 커다란 박쥐같은 게 저택 쪽으로 날아가는 걸 봤어요! 리빙 메일의 보스일지도 몰라요! 어쩌면, 마족일지도…."

"마족이 아냐!"

단호한 말투로, 소년이 말했다.

"그건 마족이 아냐.『중2병』괴물이야."

"아, 예. 죄송합니다."

자기도 모르게 고개를 숙였다.『중이병』이 뭐지?

"그럼 갔다 올게. 뒷일 부탁해."

그 말만 하고, 소년과 다크 엘프 소녀와 금색 짐승은 이르가파 영주 가문 별장 쪽으로 뛰어갔다.

“저기, 미안한데 말이야.”

멍하니 서 있는 엘프 소녀의 손을, 메이드복 입은 소녀가 잡았다.

“부탁이야. 여기서 본 건 비밀로 해줘. 안 그러면 나중에 대걸레를 들고 그쪽을 찾아가야 하거든.”

“아, 예, 알겠습니다. 구해주셔서 정말 고맙습니다!”

엘프 소녀는 고맙다는 인사를 했다.

고개를 들어보니 거기엔 아무도 없었다.

비밀로 해달라고 해도 눈이 멀어서 잘 보이지도 않았지만.

꿈이었을까. 모든 것은 어둠 속. 그림자처럼 애매했다.

지금 본 것들은 아무한테도 말하지 말자.

그리고 이 싸움이 끝나면 파티에서 나가자. 난 모험자 체질이 아니야. 저런 생물은 될 수 없어. 노예가 돼서 주인님한테 가슴을 주물리면서 대마법을 쓰다니….

……오싹.

어라? 왠지 등줄기가 오싹오싹하네?

아무튼 이게 끝나면 고향으로 돌아가자. 왠지 생각하면 안 될 것 같아.

저런 사람들은 몰라.

노예가 되고, 지배당하고. 주인님 곁에서 엄청난 힘을 휘두르다니….

오싹, 오싹오싹.

그러니까, 난 그런 게 아니라고!

아무튼 두 번 다시 그 사람들하고 만날 일은 없어. 잊자.

이르가파를 거쳐서 고향으로 돌아갈 거야.

그렇게 생각하면서, 엘프 소녀는 뒤쪽을 봤다.

아까 그 파티의 모습이 조금이라도 보이지 않을까, 하는 기대를 품고.

이번에 사용한 마법.

『고대어 마법 플레임 월』

『고대어 마법』으로 강화한 플레임 월.

보통은 문 정도 두께밖에 없는 플레임 월을 성벽처럼 강화했다.

온도도 높아져서 함부로 다가가면 불이 옮겨 붙는다.

마력을 엄청나게 잡아먹기는 하지만, 제대로 쓰기만 하면 군대 하나쯤은 쓰러트릴 수 있는 극대형 마법이 돼버렸다.

제11화 「발동! 『고속 재구축(퀵 스트럭처)』(취급 주의)」

이리스가 보는 앞에서 호위 병사가 쓰러졌다.

여기는 별장 응접실. 어제 나기와 만났던 곳이다.

어제는 그렇게 즐거웠는데… 지금은 바닥에 피가 번져 있다.

이리스는 비명을 참기 위해서 입술을 깨물었다.

정규병들은 필사적으로 싸워주고 있다.

이리스가 그들을 동요하게 해서는 안 된다.

"새 방어구 예산이 통과됐으면… 이런 일은…!"

제대로 일하는 정규병들에게는 좋은 장비를. 아버지에게 계속 호소해왔다. 3세대 전의 중고 갑옷이 아니라 공격을 피하기 편하도록 완곡한 구조를 가졌고, 관절의 가동 범위가 넓은 것의 견적을 내서 제출한 게 2년 전. 아직까지 갑옷을 알아보기는커녕 예산조차도 내려오지 않았다.

권한이 없는 것은 이런 일이다.

이리스는 싸워주는 병사들에게 보답조차 할 수 없다….

"네놈이 『검은 갑옷』을 조종하던 자인가?!"

이리스는 「적」에게 소리쳤다.

바로 수십 분 전에, 「적」이 창을 깨고 날아 들어왔다.

놈은 검은 망토로 온몸을 뒤덮었다. 보이는 건 얼굴과 손발뿐.

등에는 박쥐 날개가 달려 있다. 귀 위쪽에는 배배 꼬인 뿔.

이리스는 이렇게 생긴 존재를 모른다.

"이 몸은 마족이다."

쩌억, 크게 찢어진 입을 벌리고, 적이 말했다.

"너희가 모르는 힘을 지니고, 세상을 새로운 모습으로 이끌 자다."

마족의 단검이 정규병의 갑옷 틈새를 찔렀다.

옆구리를 베인 병사가 바닥에 쓰러진다.

병사들의 움직임이 이상했다.

적에게 다가가면 마치 물속에 들어간 것처럼 움직임이 느려진다.

저것은 놈의 특수능력일까.

"그렇다면 마족에게 묻겠습니다. 당신의 #목적은?!"

이리스는 힘줘서 말했다.

"이 몸이 바라는 것은 해룡 무녀의 피."

마족은 손바닥으로 병사의 피를 떠서, 핥았다.

그 맛이 마음에 안 들었는지 퉤, 하고 뱉었다.

"해룡 무녀는 『해룡의 딸』의 직계 자손이라 들었다. 이리스 하페우메어는 옛 신들의 피를 이은 자. 그 피는 우리에게 이용가치가 있다. 그러니, 무녀의 몸을 가져가겠다."

마족은 고개를 뒤로 젖히고 껄껄 웃었다.

"이 몸은 그대의 피와 살을 이용해서 보다 강력한 마법 생물을 만들어낼 것이다."

"…마법 생물을?"

"『리빙 메일』은 실험체. 다양한 사람, 데미 휴먼, 생물을 합성

해서 다채로운 스킬을 지니게 했다. 허나, 해룡의 피를 이어받은 자라면 보다 고등의 존재가 나올 것이다."

"그런 것을 어디에 쓰겠다는 것입니까?"

"그대가 알 필요는 없다. 허나, 그대의 이름은 세계 평화에 공헌한 자로서 역사에 남을 것이다."

정말로 의아하다는 듯이, 마족이 고개를 갸웃거렸다.

어깨와 수평이 된 머리가 깔깔 웃는다.

움직이는 정규병은 앞으로 세 명.

마틸다가 외치고 있다. "뭐 하는 겁니까! 이번 고과는 이달 말입니다! 그때까지 성과를 올린 자에게는 승진과 휴가를 주겠습니다"라고.

이런 때인데 웃음이 나오려고 한다. 눈앞에 죽음이 다가와 있는데 다음 달 휴가라니.

그렇구나, 여기서 죽는 거구나.

아니. 죽은 것보다 끔찍한 운명이 기다리고 있다.

이리스는 눈을 감고 자기도 모르게 중얼거렸다. 소마 님……, —이라고.

태어나서 처음으로 생긴 친구의 이름을.

"각오가 되었나, 해룡의 무녀."

마족이 병사의 턱을 움켜쥐고 벽에 처박았다.

벽돌로 만든 벽에 금이 갔다. 병사의 몸이 쓰러진다.

"절망하라. 이 몸은 마족… 그렇다, 인간을 초월한 존재. 이능(異能)에 의해 새로운 생명을 만들어내는 자. 마침내 마왕조차도 뛰어넘어 세계를 변혁할 존재. 그것이 마족. 그렇다, 이 몸은 마족의 후계자다!"

"닥쳐 이 가짜――――――――――――!!"

퍼엉!

벽돌 벽이 날아갔다.

벽에 뚫린 커다란 구멍 너머에 서 있는 사람은 이리스의 은인 중에 한 사람.

이름은―리타 멜페우스. 수인 소녀다.

"뭐, 뭐냐… 그대… 이 몸이 마족이라는 것을 알고서 하는 짓인가?!"

"시끄러! 받아라! 주인님한테 받은『건축물 강타 LV1』!"

퍽, 퍽, 퍼버버벅!

리타는 계속해서 벽을 때렸다. 벽돌 덩어리가 차례로 마족을 향해 날아갔다.

세차게 날아간 벽돌 덩어리는 마족 근처에서 속도가 느려졌다.

마족은 그것을 간단히 피하고 리타를 향해 뛰어갔다.

"『플레임 애로』."

다음 순간, 날아온 불꽃 화살이 마족의 진로를 가로질렀다.

마족은 반사적으로 뒤로 뛰었다.

이리스는 자기도 모르게 목소리의 주인을 찾았다―저기 있다.

벽돌에 맞지 않게 기어오고 있는, 작은 다크 엘프.

아마도 저 아이가 소마 님의 동료 마법사다.

몸이 안 좋다고 했는데, 무리해서 이리스를 구하러….

“『정규직한테 무시당하고 화가 나서 화풀이로 벽을 때리러 왔습니다』—나기 님이 그렇게 전해달라고 했어요.”

“……뭐?”

“『노예들이랑 기분 좋게 쉬고 있었는데, 그쪽 정규직 직원—이 아니라 병사 때문에 정신적 고통을 받았다. 아니, 솔직히 칼에 찔릴 뻔했다. 메이드가 뒤에서 시킨 것 같다』—나기 님이 전하라고 한 말은 이상입니다.

저는 그 건에 대해서 『클레임』을 걸러 왔어요. 사죄하는 마음을 담은 『약간의 성의』를 받고 싶어요. 두 번 다시 이런 일이 일어나지 않도록 하겠다는 증거로.”

“소마 님께 해를?! 마틸다, 당신 대체 무슨 짓을!”

이리스가 옆에 있는 메이드 쪽을 보니 이미 쓰러져 있었다.

그러고 보니 리타 멜페우스가 뛰어 들어왔을 때 깜짝 놀라서 기절했었지.

이리스는 도움이 안 되는 메이드한테서 눈을 돌렸다.

이야기는 모든 것이 끝난 뒤에. 지금은 살아남기 위해서 할 수 있는 일을 하자.

“리타 님! 조심하세요! 마족은 기묘한 결계를 치고 있어요!”

“마족이 아니에요.”

“예?”

고개를 돌려보니 다크 엘프 소녀가 눈물을 글썽이면서 입술을 깨물고 있었다.

"자세한 건 얘기할 수 없어요. 하지만 나기 님도 똑같은 말을 했어요. 저건 마족이 아니에요. 가짜—『가짜 마족』이에요!"

"알겠습니다. 믿겠습니다."

소마 님은 이리스의 소중한 '친구'다.

이 위기에 동료를 보내준 그를 의심하는 건 말도 안 된다.

"리타 님! 그 『가짜 마족』은 하늘을 날고 날개가 무기로 바뀝니다! 주위에 이상한 공간을 만듭니다! 조심하세요!"

이리스는 주먹을 쥐고, 소리쳤다.

"나도 알아! 뭐야 이 능력?! 가까이 가면 움직임이 느려지다니—?!"

『가짜 마족』이 리타의 발차기를 피했다.

리타의 움직임은 병사보다 몇 배나 빠르다.

그런데도 『가짜 마족』에게 다가가면 움직임이 느려진다.

"『노래를 바칩니다—』"

리타의 입에서 아름다운 목소리가 흘러나오고—리타가 가속했다.

날리는 주먹, 발차기. 속도가 두 배도 넘게 빨라진 공격이 『가짜 마족』을 덮쳤다.

후드 속에서 『가짜 마족』이 혀를 찼다.

하지만 그래도 리타의 공격은 맞지 않는다. 아직 느리다. 『가짜 마족』의 결계를 완전히 중화하지 못했다.

"당신, 사실은 마족이 아니지?! 대체 뭐야!"

아슬아슬하게 『가짜 마족』의 칼을 피하면서, 리타가 물었다.
“주인님이 말했어. 그런 『중이병』 마족은 없다고! 그런 창피한 꼴을 하는 건 인간이라고! 맞지?!”
“대답할 필요가 있는가, 짐승이여.”
『가짜 마족』의 등에 달린 날개가 변화했다.
박쥐 날개가 길게 뻗더니 두 자루의 예리한 칼날로 변했다.
막 『가짜 마족』의 단검을 피한 리타를, 기괴한 칼날이 덮쳤다.
“쳇!”
리타는 『신성력』이 깃든 두 팔을 교차해서 막아냈다.
충격—가느다란 몸이 날아간다.
벽 앞까지 날아간 리타는 공중에서 한 바퀴 돌고 간신히 착지.
하지만 구석에 몰렸다. 뒤쪽에는 더 이상 도망갈 곳이 없다.
“재미도 없는 재주네. 이번엔 입에서 불이라도 뿜을 건가? 뿔에서 벼락이라도 쏠 거야?”
그래도 리타는 대담하게 웃었다.
“마족을 사칭하다니, 보통이 아니야. 당신은 높은 사람한테 『계약』으로 묶인 꼭두각시 아냐? 이 『중이병』!”
리타의 말에 『가짜 마족』이 얼굴을 찌푸렸다.
“이 몸은 마족의 후계자다. 이 몸은 필요한 일을 하고 있다! 중2병이라고 부르지 마라!”
“흐음. 그런데 『중이병』이 무슨 뜻이야? 나도 세실도 그런 말은 모르는데.”
“——?!”

"주인님이 가르쳐줬어. 이건 다른 세계의 말이고, 이 세계에는 거기에 대응하는 말이 없다고. 그래서 우리는 의미를 몰라. 한마디로 『중이병』의 뜻을 아는 당신은—우리 세계 사람이 아니야!"

"내가 ——건 ——건 상관없다! 네가 이 몸의 뭘 아느냐?!"

『가짜 마족』의 말이 더듬더듬 들린다.

마치 그 단어를 입에 담아선 안 된다는 『계약』이라도 한 것처럼.

"이 몸은 ——에게 불려 와서 용사가 됐다! 하지만 실패작이라고 쫓겨났다. 나는 다시 ——께 인정받고 다시 한번 용사가 될 것이다. 연구 성과를 납품하면 ——도 이 몸을 인정해줄 것이다! 그동안 잠시 마족의 이름을 빌린다 해서 누구에게 폐가 되는 것도 아니지 않은가!!"

"웃기지 말라고!!"

"우리한테도, 이리스한테도 민폐 끼치고 있잖아! 되지도 않는 핑계로 웃기지도 않는 힘을 휘둘러대지 말라고!!"

"이 몸의 힘은 세계를 구하기 위해 있다! 타인이 이 몸을 내려다보는 것은 말도 안 되지 않은가?! 이 몸은 다시 한번 ——께 인정받아 용사로 돌아갈 것이다. 그러기 위해 해룡의 피를 받아 가겠다. 이 세계를 위해서도!"

"그런 건 됐고. 거치적거리니까 꺼져!"

"구석에 몰린 자가 할 소리인가. 너야말로 죽어라!"

『가짜 마족』이 칼을 치켜 올렸다.

"난 안 죽어. 주인님이 날 필요로 하는 한."

리타가 웃었다. 『가짜 마족』의 칼을 피하고 옆으로 굴렀다.

"주인님, 명령대로 유도했어요. 뒷일은 마음대로 하세요."

"고마워, 리타."

『가짜 마족』의 눈앞에서 벽이 부서졌다.

"『건축물 강타 LV1』에 이어서—."

벽에 난 구멍에서, 검은 칼날이 나타났다.

"—『지연 투기 LV1』!"

검은 칼날이 거대해졌다.

『검은 마족』의 금색 눈이 휘둥그레졌다.

벽 너머로 찌르기. 마검 레기에 의한, 찌르기 14번 분량을 담은 일격.

리타의 말은 전부 『가짜 마족』을 이 위치로 유도하기 위한 것. 『가짜 마족』은 칼을 내리친 자세. 이 거리에서, 거대해진 마검 레기를 피할 방법은 없다.

그리고—

"끄아아아아아아아악!"

칠흑의 검에 꿰뚫려서, 『가짜 마족』의 오른팔이 날아갔다.

기습 성공이다.

『고속 분석 LV1』은 근처에 있는 상대 주위에 스테이터스 창을 표시해준다.

그래서 타이밍을 노리고 『지연 투기 LV1』을 해방하기만 하면 된다.

세실을 보낸 건, 이리스와 정규병들의 위치를 확인하기 위해서.

『지연 투기 LV1』의 효과 범위에 말려들지 않게 하려고.

『「가짜 마족」

종족 : 인간

고유 스킬 : 「합성」「저속 영역(슬로우 필드)」』

"이 자식, 역시 『내방자』인가."

『고속 분석』 창에 놈의 스테이터스가 표시됐다.

종족명은 『인간』.

스킬은 『합성』과 『저속 영역』.

『합성』은 죽은 사람이나 죽어가는 사람을 이용해서 키메라를 만들 수 있는 스킬인 것 같다.

『검은 갑옷』의 내용물은 『합성』 스킬로 만든 것. 우리가 싸웠던 고스트들은 아마도 그 소재로 쓴 인간들의 혼이다. 키메라가 돼서, 저세상에 가지도 못하고 떠돌고 있었다.

『저속 영역』은 이 녀석 주변 몇 미터 범위 안으로 다가간 것들의 움직임을 느리게 만든다. 말하자면 공간에 슬로우 마법을 거는 스킬이다.

“『마족』을 사칭한 자여, 정체를 밝혀라.”

쓰러진 『가짜 마족』에게 말했다.

병사들도 이리스도 이쪽을 보고 있다.

어두워서 모습은 잘 보이지 않아도 목소리는 들릴 것이다.

“너는 타국에서 보낸 첩보원이거나 돈으로 고용된 유괴범이지?”

가능한 한 확실하게 알 수 있도록 말했다.

“위대하신 국왕 폐하를 배신하고, 폐하를 섬기는 영주의 딸을 유괴하려 하다니. 부끄러운 줄을 알아라.”

“배, 배신 따위는, 하지 않았다.”

『가짜 마족』은 상처를 손으로 누르며, 신음하듯이 말했다.

“이, 이 몸은 용사다! ――에 의해 소환된 ――란 말이다!”

“의미를 모르겠네. 첩보원도 유괴범도 마족도 아니라면 확실히 말하지 그래? 뭐, 어린 소녀를 유괴하려고 드는 파렴치한 놈의 정체 따위는 알고 싶지도 않지만.”

나는 마검 레기를 겨눴다.

“이름도 없는 자로 죽어라. 이 나라의 적이여―.”

“이 몸은! 스파이도 유괴범도 마족도 아니다!”

걸렸다.

“간첩도 유괴범도―뭐도 아니라고?”

“마족도 아니다! 이 몸은, 마족 따위가 아니다!! 죽이지 마라!!”

『가짜 마족』은 고개를 세차게 저으면서 소리쳤다.

좋았어, 제 입으로 말했다.

이 녀석이 마족이 아니라는 사실을 이리스와 병사들에게 알려 줄 필요가 있었다.

안 그러면 만에 하나 세실의 정체가 들켰을 때 위험하니까.

안 그래도 마족은 이유도 없이 위험시되고 있는데, 이리스 유괴라는 억울한 죄까지 뒤집어쓰게 할 수는 없지. 절대로.

"이 몸은 위대한 분께 고용돼서 이 세계에 왔다. 하지만 능력과 협조성이 부족했기에 용사 파티에는 들어가지 못했다."

묻지도 않았는데, 『가짜 마족』이 계속 떠들었다.

자랑하는 것 같은데… 일단 들어줄까.

"흥. 웃기지도 않는군. 마족 다음엔 용사인가!"

"사실이다. 이 몸은 마족이 아니라, 원래는 용사였다!"

"더러운 유괴범 따위가 용사를 사칭하지 마라."

"사칭이 아니다! 이 몸은 틀림없이 ——였다. 그 위대하신 분이 말씀하셨다. 『지금까지 고마웠습니다. 새로운 곳에서 활약하시길 기대하겠습니다. 노력과 연마와 인연이 있다면 당신도 다시 ——의 동료가 될 것입니다』라고."

"……에휴."

"그래서 이 몸을 소환한 분의 뜻에 따라, 폐를 끼치지 않도록 인류의 적인 『마족』의 모습을 빌어서 연구를 계속해왔다—."

민폐였거든.

한마디로 이 자식은 용사 파티에서 쫓겨나서 있을 곳이 없어졌다.

하지만 능력을 더 높이면 다시 용사의 동료로 삼아줄 수도 있다는 말을 믿었다. 그래서 이리스를 연구 재료로 삼으려 했고. 마족 행세를 했던 건 용사의 동료라는 걸 들키지 않으려고. 인류의 적(오해입니다) 행세를 하면 아무도 용사라고 생각하지 않을 테니까—뭐, 생각하진 않겠지만.

"너, 이젠 일 안 해도 돼."

"…이 몸의 능력을 의심하는 건가?"

"그만한 능력이 있으면 용사 따위는 그만두고 일반인이 돼도 좋겠다는 얘기다."

『검은 갑옷』을 조종할 수 있다면 파티를 짤 필요도 없다.

『저속 영역』을 쓰면 어지간한 퀘스트는 여유 있게 처리할 수 있다.

호위 일을 해도 좋다. 『사역마』를 부리면 자기가 할 일은 한계까지 줄일 수 있다.

"오히려 일 안 해도 먹고 살 수 있지 않은가?"

"…이 몸은 용사였다. 전설의 영웅이 되고자 했다."

『가짜 마족』이 날 노려봤다.

"다시, 같은 경지에… 그들이 내 능력을 인정하게 만들겠다! 이대로 끝날 수는 없다!"

"이제 됐잖아. 네 일은 끝났다. 쉬어라."

"시끄럽다! 닥쳐라! 이 미개인!"

『가짜 마족』의 날개가 움직였다.

근처에 쓰러져 있는 병사의 팔을 잘라내서 자기 팔에 붙였다.

상처가 검붉은 색으로 빛나고—재생됐다.

"나기!"

휙.

뛰어온 리타에게 안겨서 옆으로 굴렀다.

그 위로 검은 날개가 지나갔다.

"저 스킬, 자기한테도 쓸 수 있는 건가."

무시무시한 치트네. 『가짜 마족』의 스킬.

게다가 『저속 영역』 때문에 함부로 가까이 갈 수도 없고.

세실이 『플레임 애로』를, 병사가 화살을 날렸지만 맞지 않는다. 저 녀석 주위에서는 마법도 화살도 슬로 모션이 된다… 귀찮네.

제대로 상대하면 시간이 너무 오래 걸릴 것 같다.

"소, 소마 님."

누가 불러서 옆을 보니 이리스가 나한테 고개를 숙이고 있다.

"무, 무사하십니까?"

"괜찮습니다. 그리고, 나중에 할 얘기가 있습니다."

"알고 있습니다. 정규병이 당신께 폐를 끼친 것에 대해 이리스 하페우메어의 이름을 걸고 정식으로 사죄합니다."

이리스는 드레스 가슴팍에 손을 얹고 나를 쳐다봤다.

"또 구해주시다니, 더 이상 어찌 감사를 드려야 할지. 해룡의 이름으로 할 수 있는 것은 최대한 하겠습니다. 『약간의 성의』를 바란다고 하셨으니, 이 이리스 하페우메어가 나기 님이 원하는 것을 준비하도록 하겠습니다!"

"자세한 얘기는 나중에. 지금은 저 『가짜 마족』을 처리하는 게 먼저입니다."

나는 이리스한테 고개를 끄덕여 보이고 리타 쪽을 봤다.

"리타, 이리 와봐."

나는 리타의 손을 잡고 으슥한 곳으로 데려갔다.

"미안, 리타. 여기서 스킬을 『재구축』 해야겠어."

"예, 알았어요 주인님—잠깐, 뭐, 뭐라고오오오?!"

"시간이 없어. 이유를 간단히 설명할 테니까 들어봐."

『가짜 마족』을 놓쳐서는 안 된다.

하지만 저 녀석의 『저속 영역』은 이쪽의 움직임을 극한까지 느리게 만들 수 있다. 그래서 공격이 맞지 않고. 쓰러트릴 수 없는 건 아니지만, 평범하게 싸웠다간 이쪽에 피해가 발생한다.

그래서 이 자리에서 『저속 영역』을 깨트릴 스킬을 만든다.

"그, 그럴 수도 있는 거야?"

"세실이랑 『혼약』했을 때, 『고속 재구축』을 각성했어. 그래서 할 수 있을 거라고 봐. 공간 제어계 스킬은 위협적이니까, 이 기회에 깨트릴 수 있게 해두고 싶어. 리타의 도움이 필요해."

"…알았어."

리타를 각오했다는 표정으로 고개를 끄덕였다.

"하지만, 나한테 창피한 일을 시키는 거니까 내 부탁도 들어줘."

"좋아, 뭔데?"

"나중에 생각할래. 지금은 빨리 해치우자."

"알았어."

나는 리타한테 스킬 크리스탈을 건넸다.

리타가 그 스킬을 인스톨하는 걸 확인하고 리타의 가슴에 손을 댔다.

움직인 뒤라서 땀이 나 있다. 따뜻하고 부드럽다.

머릿속이 녹아버릴 것 같지만, 지금은 참자.

"기동, 『고속 재구축』!"

먼저 나는 리타의 스킬을 불러냈다.

지금 막 건넨 가사 스킬 『식재료 준비 LV1』—어제 이리스한테 산 스킬이다.

『식재료 준비 LV1』

『식재료』를 『재빨리』 『해체하는』 스킬.

이어서 내 안에 있는, 이제 막 각성한 스킬을 불러냈다.

『면접 LV5』

『상대의 에어리어』에서 『예의 바르게』 『교섭하는』 스킬.

"간다, 리타."

"으… 응."

리타가 고개를 끄덕였다.

내 오른손에는 『마력 실』이 감겨 있다.

『고속 재구축』은 이 실을 이용하는 것 같다. 아마도 이렇게 하면 되겠지.

"…응, 아응."

"조금만 참아, 리타."

나는 리타 안에 있는 『식재료 준비 LV1』의 『식재료』를 실로 엮었다.

이어서 내 안에 있는 『면접 LV5』의 『상대의 에어리어』에도 똑같이.

좋았어, 이걸로 됐어.

"실행! 『고속 재구축』!"

"————아, 아아… 어라, 뭐야?"

리타가 깜짝 놀랐다.

"뭐야? 끝이야? 이걸로 끝이야?"

"응. 그런 것 같아."

스킬은 간단하게 바뀌었다.

『결계 파괴(에어리어 브레이커)] LV1』(UR)

마법이나 스킬에 의해 생성된 공간 지배를 파괴한다.

파괴할 수 있는 것은 결계, 플레임 월, 고중력 공간(그래비티 에어리어) 등의 마법이나 스킬에 의해 생성된 일정 범위의 공간 지배.

사용자는 물리적인 공격으로 공간에 걸려 있는 마법이나 스킬의 효과 그 자체를 파괴할 수 있다.

또한 사용자와 그 주인은 상대의 공간 지배를 눈으로 볼 수 있다.

『생명 교섭』(UR)
『식재료』로 『예의 바르게』 『교섭하는』 스킬.

식재료를 화폐 대신 사용해서 다른 이와 거래할 수 있는 스킬.
이 스킬이 발동되는 중에는 상대가 동물이나 마물이라도 의사를 소통할 수 있다.
서로가 동의한다면 거래할 수 있는 상품에는 제한이 없다.

좋았어. 이쪽은 교섭 스킬이다. 이런 걸 기다렸어.
이걸로 '일하지 않는 생활'에 한 걸음 다가갔다.
"으… 뭔가 이상해. 욱신거려. 왠지 나기가 내 안에 있는 것 같아."
하지만 리타는 원망스럽다는 눈으로 날 쳐다봤다.
"우리, 아직 이어져 있으니까."
나와 리타 사이에는 『마력 실』이 있다. 내 쪽은 오른팔에, 리타 쪽은 목줄을 거쳐서 가슴 중앙으로 이어져 있다.
"실의 길이는—3미터 정도인가."
"잠깐만 나기, 당기지 마… 하윽. 아, 앙, 하으윽!"
리타가 새빨개져서 손으로 가슴을 눌렀다.
"우리, 하나가 돼 있으니까. 잡아당기면… 그게… 평소처럼 돼버려…."
"아, 미안해."

"나, 나는, 이 상태에서 싸워야 하는 거구나…."

리타는 창피하다는 듯이 가슴과 배 언저리를 손으로 눌렀다.

『마력 실』의 길이는 3미터 정도.

즉, 이것이 『고속 재구축』의 부작용이라는 건가.

계속 이래야 하는 건 아니겠지… 스킬이 안정되면 사라지겠지?

"그럼, 리타. 부탁해."

"정말… 알았으니까 따라와, 주인님!"

나와 리타가 뛰어갔다.

『가짜 마족』이 이쪽을 봤다.

『저속 영역』의 범위가 보인다. 창백하게 빛난다.

"어리석은. 같은 수법이 두 번이나 통할 것 같느냐!"

"그건 우리가 할 소리야. 이 중2병 『가짜 마족』!"

『가짜 마족』의 등에서 검은 날개가 움직였다. 기괴한 칼날이 돼서 덮쳐온다.

"발동! 『결계 파괴 LV1』."

리타가 결계를 주먹으로 때렸다.

쨍그랑, 소리가 나고 자칭 마족의 『저속 영역』이 깨졌다.

"——뭣이?!"

"반응이 느려!"

『지연 투기』를 발동. 헛스윙 다섯 번을 모은 검으로 놈의 날개를 쳐냈다.

"잠이나 자! 이 민폐나 끼치는 가짜——!"

그리고 리타의 발차기가 『가짜 마족』의 몸을 천장까지 날려버렸다.

쿠웅!

『가짜 마족』의 몸이 천장에 부딪혔다가 떨어졌다.

리타는 몸을 확 비틀어서 점프. 떨어지는 『가짜 마족』의 배에 한 방 더.

퍼억!

"…커헉!"

"내 주인님을 귀찮게 한 죄는 지옥에 가서 반성해."

다시 한 번 천장에 처박혔다가 머리부터 떨어져서—

팔다리가 기묘한 방향으로 꺾여버린 『가짜 마족』은 완전히 정신을 잃었다.

『가짜 마족』은 사슬로 칭칭 묶여서 마을의 감옥에 들어갔다.

이리스가 결계가 쳐진 감옥이니까 안심해도 된다고 했고.

이제 『가짜 마족』은 정규병과 마을 경비병들의 심문을 받게 된다.

누가 시켰는지. 왜 마족이라고 했는지.

그 녀석한테서 나온 정보는 우리한테도 가르쳐줄 거라고, 이리스가 말해줬다.

하지만 이제 늦은 밤이니까, 그다음은 내일.

우리들의 스킬에 대해서는 일단 다시 입막음을 해뒀다.

사실 메이드 분도 집사도 정규병도, 누가 도와줬는지는 의식하지 않았다.

수염 병사 일행은 별장에서 모습을 감췄다. 지금은 살아남은 정규병들이 격노해서 행방을 찾고 있다. 주인과 동료가 위기인데 직장을 내버려 뒀으니, 징계면직 되거나 감옥에 들어가겠지.

그렇게 해서, 우리가 별장에 돌아온 건 자정도 지난 때였다.

완전히 지쳤다.

나는 리타와 이어진 채로 간단히 식사를 하고, 리타와 이어진 채로 몸을—보이는 곳만 닦고, 옷은 내일 갈아입기로 하고—리타와 이어진 채로 잠자리에 들었다.

마력 실이 사라진 건 우리가 눈을 감기 직전이었다.

자기 전에 스킬을 다시 확인.

『결계 파괴 LV1』(UR)
『상대의 에어리어』를 『재빨리』 『해체하는』 스킬.

『생명 교섭』(UR)
『식재료』로 『예의 바르게』 『교섭하는』 스킬.

좋았어, 재구축은 완료됐다.

…이대로 평생 이어져 있으면 어쩌나 걱정했는데.

그럼 안심하고 자볼까….

"……하응. 아… 아응. 헉, 하앙. 주인… 니임, 아앙."

…뭔가 뜨끈한 감촉이 드는데.

"안 돼… 하지 마……………… 멈추질… 않아………… 안 돼, 또… 또, 느껴져. 아, 크응………… 싫어, 아아아앙!"

"……리타?"

눈을 떴다.

리타가 내 손바닥을 핥고 있었다.

"…미안해… 나기…… 주인, 니임."

리타가 큰 가슴을 손으로 누르면서 날 봤다.

목도 가슴팍도 땀에 흠뻑 젖어 있었다.

금색 귀와 꼬리가 쫑긋 서 있고.

리타는 눈물 젖은 눈으로 날 보면서 이렇게 말했다.

"……스킬이… 내 안에서… 움직이고 있어… 욱신거려. 싫어… 멈춰줘… 이런 거… 안 돼에…."

……뭐요?

이번에 사용한 스킬

『결계 파괴 LV1』

『상대의 에어리어』를 『재빨리』 『해체하는』 스킬.

마법이나 스킬로 만들어낸 특수한 필드를 물리적으로 부숴버릴 수 있는, 사정을 봐주지 않는 치트 스킬.

슬로 필드나 마법을 봉인하는 공간, 고중력 공간 등을 때려서 부숴버릴 수 있다.

『건축물 강타』와 조합하면 어지간한 곳에는 들어갈 수 있으니, 리타한테서 도망치는 건 정말 힘들다.

제12화「리타와 스킬 재조정. 그리고 약속」

"발동!『능력 재구축 LV3』."

나는 리타의 스킬을『능력 재구축』창에 표시했다.

『결계 파괴 LV1』

『상대의 에어리어』를『재빨리』『해체하는』스킬

"……뭐야 이거."

스킬의 개념이 틀어지고 있잖아?

스킬 전체가 바들바들 떨리고 있다. 글자가 흔들리면서 서로 부딪치고, 비벼대고.

마치 숨이라도 쉬는 것처럼, 개념의 간격이 벌어졌다 좁혀졌다 하고 있다.

바꿔 넣은『상대의 에어리어』는… 아예 빠져버리려 하고.

"……아, 앙! 안 돼."

글자가 서로 닿을 때마다 리타의 몸이 움찔, 한다.

"나기… 어떻게 해줘. 못 참겠어… 죽겠어."

리타는 촉촉한 눈으로 날 쳐다봤다.

입은 반쯤 벌린 채, 떨리는 가슴에 손을 얹고, 움찔거리는 꼬리를 흔들면서.

이게『고속 재구축』의 부작용이었구나….

착각했다.

부작용은 나와 리타가 『마력 실』로 이어지는 게 아니었다.

통상적인 『능력 재구축』은 내 마력을 넣어서 천천히 풀어준 다음에 스킬의 개념을 바꿔준다. 그래서 바꿔준 뒤에도 안정되고.

하지만 『고속 재구축』은 인스턴트로 재구축하는 대신에 안정성이 떨어진다.

그래서 글자들이 헐렁해져 있다. 쏟아 넣은 만큼의 마력이 풀어지고 터지고 있다.

그 마력과 떨리는 글자가 리타의 몸속에서 날뛰고 있다.

내 『생명 교섭 LV1』은 안정돼 있다. 『능력 재구축』을 가진 나한테는 스킬을 안정시키는 수정 능력이 있는 것 같다. 하지만 리타한테는 그게 없다. 그러니까—

"미안해 리타. 금방 스킬을 안정시켜줄게."

나는 손끝으로 리타의 손끝을 건드리고, 천천히 마력을 흘려보냈다—.

"으응! 와웅! 크————————읏!"

"리타?!"

리타가 날 끌어안았다.

그리고 평소처럼 덥석, 내 어깨를 살짝 물었다.

"응, 으응, 으————읏! 아웅, 와우우우우웅…."

움찔, 움찔, 움찔.

리타는 몸을 뒤로 젖히고, 경직돼서, 내 몸에 비벼댔다.

옷 단추는 풀어지려 하고, 그 속에서 가슴이 이리저리 모양이 바뀐다. 리타의 뜨겁고 부드러운 부분. 두근, 심장 고동이 전해져 온다. 리타는 자기 자신을 제어할 수 없는 것처럼 몸을 흔들어댔다. 그리고, 또—

"아, 앙, 또. 안 돼, 응. 으응. 아, 앙————!"

그리고 그대로 털썩, 침대 위에 쓰러졌다.

"와, 와웅… 흐아, 나기, 나기이. 안 돼, 나—이런 거, 이상—이상해에."

"건드리기만 했는데도 이렇게 되는 건가….

리타의 눈은 풀어졌고 호흡도 거칠다.

커다란 가슴을 손으로 누르고, 못 참겠다는 듯이 무릎을 비벼대고 있다.

옷이 풀어져서 땀에 젖어 비치는 속옷이 보이는 것도 알아차리지 못한다.

리타의 심장이 엄청난 기세로 뛰고 있다. 만지기가 무서울 정도로.

"…리타, 『결계 파괴 LV1』을 몸에서 꺼내."

스킬을 언인스톨하자.

이 스킬은 틀렸다. 너무 불안정해졌다.

왠지는 모르겠지만 알 것 같다. 아마도 『결계 파괴 LV1』은 리타한테서 꺼내면 바로 그 충격으로 개념이 흩어지고 부서져 버릴 것이다.

그리고 리타 안에 넣은 상태에서 안정시키는 건 부담이 너무 크고.

아무리 귀중한 스킬이라도 리타랑 비꿀 정도는 아니니까.

“『결계 파괴 LV1』은 포기하자. 그러면 리타도 편해질 테니까.”

“…싫어.”

“왜?!”

“그치만 이건 주인님이랑 같이 만든 스킬… 이잖아! 우리 아이 같은 거라고! 그런 걸 없애는 건 죽어도 싫어!”

“그렇다고, 계속 이 상태로 있을 수는 없잖아….”

“나기가… 지, 진정시켜줘. 할 수 있잖아? 내 안에서 날뛰는 스킬을… 야, 얌전하게 해줘… 아응.”

“그런 리타한테 부담이 너무 커.”

“…괜찮거든.”

거짓말.

목에서 가슴까지 흠뻑 젖었고, 몸은 녹아버릴 정도로 뜨겁고, 하얀 피부도 가슴도 꼬리까지 전부 일정 간격으로 움찔, 움찔하고 있는 주제에.

눈은 완전히 풀렸고, 예쁜 금색 머리카락은 땀 때문에 살갗에 달라붙었고.

지금 내 손바닥을 계속 살짝 깨물고 있다는 것도 모르고 있겠지.

“주인으로서, 노예한테 더 이상 부담을 줄 수는 없어.”

“……차, 참을래. 머릿속이 새하얘지는 것도…… 내…… 깊은 곳이…… 찡, 하는 것도…… 오싹오싹도, 움찔움찔도…… 나기가, 나랑…… 아이를 만들고 싶어졌을, 때…… 예행연습이라고 생각하면, 아무것도 아냐!”

“예행연습이라니?!”

“그리고, 나기는 『결계 파괴 LV1』을 만들 때, 내 부탁을 들어준다고 했지! 분명히 했어! 그러니까, 이 스킬을 진정시켜줘… 이게 내 부탁이니까!”

리타는 가슴을 누르고, 눈물을 글썽이면서 날 쳐다봤다.

……둘이서 만들 스킬이니까, 우리 아이라니….

리타는 그렇게 생각하고 있었나.

그렇다면 절대로 포기하지 않겠지.

리타는 가족한테 버림받은 적이 있어서, 자기는 절대로 같은 짓을 안 할 거라고 생각할 테니까.

……하는 수 없지….

“알았어. 해볼게.”

마음을 정했다. 아침까지 계속하게 되더라도, 리타의 스킬을 진정시키자.

“『능력 재구축 LV3』으로 『결계 파괴 LV1』을 다시 조정할게.”

“……응!”

리타는 내 손을 잡은 채 고개를 끄덕끄덕했다.

…자, 어떻게 할까.

건드리기만 해도 반응하는 건 아마도 리타가 내 마력에 민감해져 있기 때문이다.

그렇다면 세실이랑 『혼약』했던 때처럼 리타랑 합체하면 된다.

서로의 마력과 신성력을 순환시켜서 하나의 생물처럼 된다.

경계선을 없앤다.

잘만 되면 리타가 내 마력에 '적응'해줄지도 몰라.

"리타, 이리 와봐."

나는 다리를 뻗고 앉았다.

리타는 내 다리 사이에 와서 앉았다.

내 몸에 등을 기대는 느낌으로 체중을 실었다.

나는 뒤쪽에서 리타의 왼쪽 가슴에 왼손을 댔다.

커다란 가슴 사이로 땀이 흘러 떨어진다. 속옷이 살갗에 달라붙어서 봉오리와 끝부분의 모양까지 전부 알 수 있다. 무방비하게 뻗고 있는 다리는 바들바들 떨리고, 예쁜 발가락을 벌렸다 오므렸다 하고 있다.

나는 리타 앞으로 오른손을 내밀었다. 리타는 기다렸다는 것처럼 손목과 팔꿈치 사이를 덥석, 물었다. 평소처럼 살짝.

"시작한다."

나는 다시 한 번 『능력 재구축 LV3』에 리타의 『결계 파괴 LV1』을 세팅했다.

"……주인, 님."

리타의 분홍색 눈이 날 쳐다봤다.

"……봐주지, 말고… 나기가 하고 싶은 거, 다… 해."

대답 대신, 나는 리타의 스킬을 건드렸다.

"으응――――!"

쪼옥.

리타의 입술이 내 오른팔을 살짝 물었다. 리타의 등이 뒤로 젖

혀진다. 쭉 뻗은 발가락이 꽉 오므라든다. 그래도 상관하지 않는다. 나는 천천히 마력을 흘려보냈다. 손가락은 스킬 글자에 닿을락 말락 하는 위치. 그런데도 리타는 못 참겠다는 듯이 몸을 떨고 있다.

"아앙…… 나기. 뜨거운… 게… 들어왔어."

리타가 볼을 새빨갛게 물들이고 입을 뻐끔거렸다.

마력이 리타한테 스며드는 게 느껴진다. 리타한테서도 마력과 비슷한 것이 흘러들어온다. 약간 감촉이 다른, 찌릿찌릿한 것. 리타 안에 있는 신성력이다.

"뜨거… 뜨거워어. 몸이, 녹아버려… 욱신욱신…… 스멀스멀… 대단해…."

리타가 꼬물거릴 때마다 속옷이 무릎 쪽으로 기어 내려갔지만, 신경 쓸 여유는 없다.

나는 창에 있는 스킬을 봤다.

떨리던 글자가 조금 진정된 것 같은 기분이 든다.

좋았어, 할 수 있겠다.

벌어졌다 좁혀졌다 하고 있는 글자 사이를 손가락으로 만졌다.

토옥.

"아윽!"

리타가 두 다리를 꽉, 오므렸다.

"하응…… 아, 앙."

글자에서 열기가 느껴진다.

리타의 땀이 옮겨간 건지, 글자와 글자 사이를 건드리면 찰박, 소리가 난다.

뜨겁고, 깊고, 손가락이 빨려 들어갈 것 같다.

"……하… 하아… 아…. 하앙."

리타는 내 왼손 위에 자기 손을 얹었다.

"나… 나기… 나, 진정된 것… 같아."

그리고 내 귀에 대고 작은 소리로 속삭였다.

"스킬… 만져도… 돼. 아마… 이젠… 움직여도, 괜찮… 아."

"괜찮겠어?"

"응… 그 대신, 나기 냄새를… 줘…."

"냄새…?"

"잔뜩… 다른 사람들 앞에서도, 내가 얌전하게 있을 수 있게… 지워지지 않을 만큼… 나기 냄새… 줘…."

부비부비.

리타가 내 오른팔에 볼을 비벼댔다.

"이제… 아으, 응. 괜찮… 으니까…… 계속해줘… 주인님."

"알았어."

손을 움직이기가 힘들지만, 그렇게 해서 리타가 진정된다면.

나는 스킬 글자를 손가락으로 눌렀다.

『결계 파괴 LV1』이 진정되기는 했지만 아직 완전한 건 아니다.

『상대의 에어리어』『재빨리』『해체한다』—글자 전체가 바들바들 떨리고 있다.

일단 오른쪽 개념부터.

나는 벌어지려는 글자 사이에 손가락을 넣어서 『해체한다』를 잡았다.

"———하, 하응! 으응."

찰박, 쪼옥.

리타가 두 다리를 꽉 오므린다. 내 팔을 핥는다.

나는 그대로 제일 뒤쪽에 있는 글자를 왼쪽으로 움직였다.

"으응———! 하으… 아앙! 크으————!!"

리타가 새하얀 등을 뒤로 젖힌다. 내 팔을 살짝 물어서 소리를 참는다.

땀 냄새가 난다. 리타 냄새다.

내가 숨을 들이쉴 때마다 리타는 창피하다는 것처럼 고개를 흔든다. 신경 쓸 필요 없는데.

"조금만 더."

나는 마력을 순환시키면서 『해체한다』로 『재빨리』를 눌렀다.

살짝 힘을 준다. 꾹, 하고.

"히익! 아, 아앙… 으응!"

두 개의 개념이 안정된 걸 확인한 뒤에 손가락을 뗐다.

…좋았어. 이걸로 『재빨리』와 『해체한다』는 원래 위치로 돌아갔다.

글자가 떨리던 것도 멈췄다.

내 마력이 날뛰던 스킬을 진정시키고 있다.

"리타… 괜찮아?"

"…히앙…… 하, 앙… 아아앙…… 으응."
"리타? 대답해봐. 괜찮은 거지?"
"……괜찮… 아."
조금 전까지 다리를 오므렸다 벌렸다를 반복하던 리타가 지금은 다리를 쭉 뻗고 축 늘어져 있다. 잠꼬대하는 것처럼 내 오른팔을 살짝 물면서, 혀로 핥으면서—계속 반복.
"조금만 더 하면 끝나니까, 힘내자."
"……나기."
"응?"
"…………조아해. 계속…… 곁에… 있어."
"응. 있을게. 괜찮아."
"……리타 멜페우스는, 소마 나기랑…… 계속, 같이… 맹세… 합니다. 계속…… 나기 것으로, 있고 싶어…. …그러니까…… 괜찮아…… 나기를 느끼니까…… 괜찮아… 해줘."
"…나도 리타가 없으면 금방 죽어버릴지도 모르니까."
들리기는 하려나.
리타, 눈이 반쯤 감겨 있네.
이렇게 창피한 대사가 들릴 리가 없겠지만.
"난 아마도, 다시 태어나도 성격은 똑같을 테니까, 리타가 없으면 곤란해."
"…너무 기뻐… 나, 주인님이랑… 혼약… 할래."
"…『혼약』은, 좀 더 여유가 있을 때."
솔직히 이 상태에서 의식을 성립시키는 건 무리겠지.

지금은 일단 리타의 스킬을 안정시키자.

"그럼, 이걸로 끝내자."

"……응. 아, 히앙."

나는 빠지려고 하던 『상대의 에어리어』를 손가락으로 잡았다.

"아, 아아아아아아앙."

축 늘어져 있던 리타가 눈을 번쩍 떴다.

달아오른 몸이 부들부들 떨린다. 내가 잡지 않은 쪽 가슴이 크게 흔들리면서 땀방울을 날렸다. 반대로 잡고 있는 쪽은 내 손 안에서 모양이 달라지고. 그 감촉 때문인지 리타는 내 손을 입에 물어서 필사적으로 목소리가 나오는 걸 참았다. 힘없이 늘어져 있던 다리가 움찔하고, 진정되고, 움찔하고.

"으응───! 하으. 이제…… 더는…… 못 해."

리타는 뜨거운 숨을 내쉬면서 무릎을 비벼댔다.

어디선가 찰박, 하는 물소리가 났다.

"───주인님─ 대단해─ 이거─ 나── 욱신욱신─ 멈추질 않아─── 멈추질─ 너무─ 좋아──. 몰라. 나 몰라──아─ 아앙."

"간다, 리타."

"으, 응─ 와줘. 해줘─ 해주세요. 깊은데, 와줘. 주인, 니이임!"

이걸로 마지막이다.

나는 고동치는 개념 틈새에 『상대의 에어리어』 글자를── 꾹 눌렀다!

『능력 재구축』 창에 『실행』 버튼은 없다.

『결계 파괴 LV1』은 재구축한 스킬이니까.
하지만 그 대신 『재조정』 글자가 표시된다. 이거다!
"『결계 파괴 LV1』을 재조정한다! 『능력 재구축 LV3』."
"와, 와웅. 아, 아아아앙! 응, 으응———!! 나기, 나기이잇!"
리타가 새하얀 등을 젖힌다. 움찔, 움찔, 내 허리를 눌러댄다.
커다란 가슴이 내 손 안에서 요동친다. 손바닥에 신기한 압박감.
내 마력과 리타의 신성력이 두 사람 속을 빙글빙글 맴돈다.
"나기… 꽉! 제발—— 꼬옥!"
"꼬옥?"
"떨어지는 거… 싫어. 나기랑 틈이 생기는 거… 싫단 말이야. 같이— 계속 같이…."
원하는 대로, 리타를 등 뒤에서 꽉 안아줬다.
그 순간——

『능력 재구축』 창에서 마력 실이 터져 나왔다.
실이 리타의 온몸을 휘감는다. 나와 리타를 잇는다.
마치 내가 리타를 스캔하는 것처럼.
이거… 세실이랑 『혼약』 했을 때랑 똑같잖아?!
"…아, 아으, 아아아아아앙. 나기가, 들어와… 뜨거워… 대단해… 행복해…."
리타의 가슴 중심이 빛나기 시작했다.
빛나는 것이, 거기에 있다.

작은 리타—리타의 혼이 나오려고 한다.

아무것도 입지 않은, 알몸의, 꼬리와 동물 귀가 달린 여자아이.

설마 『혼약』 의식이 성립됐나?

그렇구나… 아까 리타가 나랑 같이 있고 싶다고 맹세했고, 나도 같은 말을 했고.

그 뒤에, 둘 다 『혼약』이라는 말을 했으니까.

『외로운 나를 안아주는 이. 사랑해 마땅한 이.』

금색 귀와 꼬리가 달린 손바닥만 한 크기의 리타가 영차, 영차, 하면서 리타의 가슴에서 나오려고 하다가—

그대로 꽈당, 넘어졌다.

『의식이… 불완전해….』

아~.

역시나.

원래 이건 『혼약』을 위해서 한 게 아니고, 맹세의 말도 애매했다.

솔직히 그런 걸로 혼을 소환할 수 있는 리타가 대단하다고 해야겠지.

"미안해. 『혼약』은 리타가 좀 더 몸이 좋을 때."

『내가 그렇게 간단히 받아들일 줄 알아!』

혼이 됐어도 리타는 리타였다.
팔짱을 끼고, 가슴을 펴고, 꼬리만 열심히 흔들고 있다.

『하지만 마지막엔 절대로 받아들일 테니까 포기하지 말라고!』
"응. 각오하고 있어."
『난 솔직하지 못하니까.』

그렇게 말하고, 리타의 혼은 리타의 가슴으로 돌아갔다.

『당신이 꼭 이끌어줘. 사랑해 마땅한 이.』

마지막 목소리만이, 내 귓속 깊은 곳에 들려왔다.
정신을 차려보니 리타는 편안한 얼굴로 잠들어 있었다.
나는 스킬을 불러냈다.

『결계 파괴 LV1』
『상대의 에어리어』를『재빨리』『해체하는』스킬.

『재조정』한 스킬은 떨리지도 않고 뜨겁지도 않았다.
완전히 안정됐다.
"……후에."

나는 축 늘어진 리타의 머리카락을 쓰다듬었다.
다행이다. 리타도 진정이 됐네. 호흡도, 고동도.
…눈을 뜨면 얼굴이 새빨개져서 화를 낼 것 같은 꼴이 됐지만.
그래도…『고속 재구축』은 봉인하는 게 좋겠다.
편리하지만 노예들한테 부담이 너무 심해.
"리타가 망가지는 게 아닌가 싶을 정도였으니까."
"…아냐… 괜찮아."
리타는 자고 있다.
하지만 내 목소리가 들리는 것처럼 살짝 고개를 끄덕였다.
"……나기한테 벌 받는 것 같아서… 정말… 기뻤어…."
"대체 무슨 꿈을 꾸시나요, 리타 양."
"하지만… 안 돼. 나… 이상해, 지니까. 새하얗고, 행복해져… 나기 냄새가, 온몸에… 원해…. 밖에도…… 안에도…… 코오."
…몸이 근질거린다.
이 상태는… 꽤 위험할지도.
하지만… 내 체력도 한계였다.
생각해보니 어제는 리빙 메일과 싸웠고, 이리스네 저 책에서 교섭했고, 세실이랑『혼약』을 했고… 오늘은『가짜 마족』과 싸우고, 리타를『재조정』하고——
털썩.
마지막에 뻗은 손이 리타의 제일 부드러운 부분에 닿았다.
그리고 내 의식도 블랙아웃 해버렸다.
다음 날 아침.

"……잘 잤어, 나기."

"…잘 잤어, 리타."

"""………………."""

펑.

먼저 항복한 건 리타였다.

온몸이 새빨개진 리타는 "모, 몸 좀 씻고 올게!"라는 말을 남기고 방에서 나가려고 했다.

마지막에, 문 앞에서 이쪽을 돌아보고는,

"전부 진짜거든!"

"뭐?"

"『재조정』할 때 했던 말 전부 진짜란 말이야!"

"그, 그래."

"그치만! 그런 창피한 말은 두 번 다시 안 할 거니까!"

"괜찮아. 한 글자도 빠짐없이 암기했으니까."

"뭐…. 와웅…… 뭐야! 주인님 못됐어!"

그렇게 말하면서, 리타는 방에서 뛰쳐나갔다.

그 뒤에 바로, 이리스가 보낸 편지가 왔다.

편지를 가지고 온 정규병은 어제랑 다른 사람이었고, 예의 바르기는 했지만 얼굴이 새파랗게 질려 있었다.

"『가짜 마족』은, 죽었습니다."

편지를 가지고 온 정규병은 그 말만 전하고 돌아갔다.

자세한 내용은 이리스의 편지에 적혀 있었다.

『가짜 마족』은 사슬에 묶여서 결계를 친 감옥에 갇혔다.
하지만 거기에 침입한 자들이 있었다고 한다.
그것은 우리를 덮쳤던 정규병 세 명이었다.
얻어맞고 기절했던 옥지기는 그 녀석들이 '마족의 숨통을 끊으면 그 공적으로 자신들의 실패를 무마할 수 있을지도 모른다'는 말을 들었다. 옥지기는 만약의 경우에 결계 안에 들어가기 위한 부적을 가지고 있었다. 수염 병사들은 그걸 빼앗은 것이다.
그리고 세 정규병은 『가짜 마족』을 칼로 찔렀다.
하지만, 그놈들도 무사하지 못했다.
『가짜 마족』은 마지막 힘을 짜내서 『저속 영역』과 『합성』을 썼겠지.
옥지기가 정신을 차렸을 때, 감옥 안에는 뼈와 살로 만든 기묘한 오브제가 있었다고 한다.
듣기로는 뿔과 날개가 달린 생물이 정규병들의 육체를 잡아먹다 만 상태였다고.
다만, 이리스는 그걸 보여주지 않았다.
앞으로 10년은 악몽을 꾸게 될 정로로 처참한 광경이었던 것 같다.

『정말 죄송합니다, 소마 님. 저희 실수입니다….』

이리스 잘못이 아니다. 이런 일을 누가 예상하겠어.
정말이지 그 정규병 놈들은… 끝까지 도움이 안 됐다니까.

『가짜 마족』의 말에서 추측해보면, 그 녀석은 용사로 소환됐다가 버려졌겠지.

그리고 다시 한번 용사로 인정받기 위해서 합성 생물을 만들었다. 이리스를 원했던 건, 이리스의 몸 안에 있는 『해룡의 피』를 쓰고 싶어서. 우리 세계의 악마 같은 모습을 했던 건 정체를 숨기기 위해서려나.

그 녀석이 죽었으니 확인할 방법이 없지만.

『단 한 가지 정보는, 그자를 며칠 전에 마을에서 본 적이 있다는 목격 증언이 있었습니다.

어쩌면 그자는 사전에 이 마을에 숨어서 준비를 했던 것인지도 모릅니다.』

이리스의 편지 마지막에는 그런 내용이 적혀 있었다.

『만약 괜찮으시다면, 소마 님께 조사를 부탁드려도 될까요.

물론 보수는 지불하겠습니다. 여러분의 비밀도 지켜드리겠습니다.

또한 조사에 대한 편의는 봐 드리겠습니다.

정말… 죄송한 부탁입니다만, 모험자 분들은 다치셨고 정규병들은 싸움의 뒤처리를 하기도 버거운 상황이다 보니 부탁드릴 분이 없습니다. 이리스에 대한 감시가 느슨해진 지금밖에 없습니다.

억지로 부탁하지는 않겠습니다.
이 거리에 계신 동안만이라도 좋습니다. 부디—』

"『부탁드리면 안 될까요』— 란 말이지."
왠지 글씨가 흐릿하게 보인다.
이상하게, 졸리다. 자꾸 꾸벅꾸벅한다.
이제 와서, 여행의 피로가 터진 것 같아….
"받아들일지는… 조금 쉬었다가…."
생각해보니 어제는 리타를 재조정하느라 거의 잠을 못 잤다.
『가짜 마족』의 은신처 수색은—필요한 일이지만—조금 쉬었다가.
기껏 자유로워졌는데, 자발적으로 블랙 노동을 하면 의미가 없잖아.
벌렁.
편지를 탁자 위에 올려놓고, 침대에 눕고, 눈을 감았다.
"그래…. 오늘은 전부, 자유행동을 하면… 되니까."
잠깐만… 자고… 일어나자….

이번에 사용한 스킬

『고속 재구축』

세실과의 『혼약』을 통해 생겨난 『능력 재구축 LV3』의 파생 스킬.

노예와의 사이에서 UR 스킬을, 그 자리에서 바로 생성할 수 있는 대신에 몇 시간 동안 서로가 『마력 실』로 이어지게 된다.

또한 만들어낸 스킬은 상당히 불안정하기 때문에 『능력 재구축』으로 다시 조정할 필요가 있다.

제13화 「주인님의 휴식과 노예 소녀들의 조사대」

"나기 님… 주무시고 계셔요."

나기의 방을 슬쩍 들여다본 세실이 말했다.

깨지 않게 조용히 문을 닫고 복도에 있는 리타와 아이네 쪽을 봤다.

"날 『재조정』한 뒤에 이리스한테서 온 편지를 읽고 이것저것 생각했으니까."

"나 군, 일을 너무 많이 했어."

노예 소녀 셋이 나란히 한숨을 쉬었다.

원래 세계에서 『블랙아르바이트?』를 했던 버릇이 아직 남아 있는 탓이겠지.

'일하지 않아도 먹고 살 수 있게 될 때까지 일한다'가 말버릇이지만, 가끔씩은 쉬었으면 싶다.

"나기 님은 노예를 생각해주는 좋은 주인님이시니까요."

"오늘도 『가짜 마족』의 은신처를 찾으러 가야겠다고 했었지."

"다른 모험자가 다쳐서 움직이지 못한다고, 이리스 양이 부탁한 것 같아."

나기는 적이 마족이라고 했던 걸 신경 쓰고 있다.

세실의 종족이 오해받는 게 싫어서라고 해줬다.

그런 주인님을 생각하면, 세실의 가슴이 아파왔다.

혼이 이어진 지 얼마 안 됐지만 아직 부족하다. 더 달라붙고 싶다.

하지만 오늘은 무엇보다 소중한 주인님이 쉬었으면 하니까—

"저는 나기 님이 조금이라도 편하게 일하게 해드리고 싶어요."

조용히, 세실이 말했다.

"리타 언니, 아이네 언니, 도와주실래요?"

"물론이지."

"나 군의 건강을 위해서라면 뭐든지 할 거야."

두 사람이 대답했다.

하지만 노예인 자신들이 멋대로 행동할 수는 없다.

일단 허가는 받아야 한다.

그렇게 해서, 세실은 다시 한번 나기 방의 문을 노크했다.

"…나기 님, 나기 님."

"……음… 왜에?"

그러자 잠이 덜 깬 목소리가 대답했다.

"이리스 씨네 일 말인데요, 저희가 대신해도 될까요…."

"응… 그래…."

침대 위에서 나기가 데굴, 몸을 뒤집었다.

소중한 사람이 눈을 비비면서 이쪽을 봤다.

"대신에… 은신처를 찾아내는 데까지만… 이야… 그 이상은… 나중에…."

"아, 예."

역시 나기 님. 노예의 생각은 훤히 들여다보고 있다.

"아, 알겠습니다. 지시대로 할게요."

"……은신처 위치는… 아이네한테 물어봐…… 아이네라면……

수습 길드 마스터를 하면서… 상인 길드와도 줄이… 있었으니까… 못된 놈들이 있을 만한 곳은…….”

“예, 예.”

“…함정이, 있을지도 모르니까… 들어가진… 말고.”

“아, 알겠습니다.”

“…세실…『가짜 마족』의 마력 느낌… 기억하고 있으면, 그걸, 따라서….”

“대, 대단해요. 나기 님….”

“리타도… 냄새를 기억하고 있을 테니까… 그걸로………….”

“알겠어요. 알았으니까 제발 주무세요.”

타앙.

세실은 손을 뒤로 뻗어서 나기의 방문을 닫았다.

“새삼 나기 님이 얼마나 대단한지 알았어요.”

아직 모르는 일이 정말 많아요.

제가 나기 님의 모든 것을 알게 되는 건 대체 언제가 되려나요… 아뇨, 물론 나기 님이 절 알아주셨으면 싶다고 하지만… 전부… 언젠가….

자기도 모르게 새빨개진 얼굴을 두 손으로 문지르면서, 세실은 리타와 아이네 쪽을 보며 말했다.

“그렇게 됐어요. 아이네 언니. 나쁜 사람들이 있을 만한 곳을 아시나요?”

“알아. 거실에 마을 지도가 있었으니까, 그거 보고 가르쳐줄게. 리타 양은?”

"나도 그 녀석 냄새는 기억하고 있어."
"저도 그 사람 마력을 기억하고 있어요."
재빨리 역할을 정했다. 세실과 리타는 행동 요원. 아이네가 지시한 곳에 가서 『가짜 마족』의 잔류 마력과 냄새를 찾는다. 아이는 남아서 나기를 호위하고.
세 사람은 서로 얼굴을 마주 보고 고개를 끄덕였다.
그리고 세실이 작은 손을 앞으로 내밀었다.
"나기 님을 위해서."
"우리 상냥한 주인님을 위해."
그 위에 리타가 손을 얹었다.
"나 군의 평온한 생활을 위해."
아이네도 따라 했다.
"그렇군. 우리가 온 힘을 다하도록 하자!"
인간 모양의 레기의 하얀 손이 옆에서 불쑥 뻗어 나왔다.
"죄송해요. 레기 언니는 나기 님을 지켜봐 주세요."
하지만 세실이 미안하다는 듯이 그 손을 밀어냈다.
"뭐, 그럴 거라고 생각은 했다만…."
"이건 레기 언니만 할 수 있는 일이에요. 무슨 일이 있으면 나기 님을 깨워서 『지연 투기』로 천장을 날려주세요. 바로 달려올 테니까."
"너도 꽤나 과격하구나. 마족 아이여."
"나기 님의 안전을 위한 일이라면 저는 수단을 가리지 않아요."
정 안 되면 이 마을을 전부 태워버릴 각오가 돼 있다.

세실의 체내 마력은『고대어 마법 파이어볼』을 쏘면 다 떨어지지만, 움직이지 못하게 돼도 리타가 업어줄 것이다. 그다음은 맡겨두기만 하면 된다. 동료가 있는 건 정말 대단한 일이에요. 전부 나기 님 덕분이고. 그러니까 나기 님을 위해서라면 뭐든지 할 수 있어요. 내 목숨이 걸린 일이라도.

"알았죠~ 꼭이에요, 부탁할게요~."

"…웃는 얼굴이 무섭구나."

새파랗게 질려서 바들바들 떠는 레기.

레기와 아이네에게 집을 맡겨두고, 세실과 리타는『가짜 마족』의 은신처를 찾으러 나갔다.

온천 마을 리헬다는 아직 혼란에 빠져 있었다.

『리빙 메일』의 잔해와 뱀파이어 배트의 시체는 치웠지만, 싸움이 벌어졌던 곳에는 사람들이 모여 있다.

마을을 공격한 것이 '마족인 척하는 누군가'라는 것은 이리스 하페우메어의 이름으로 발표됐다. 그것과 마을을 소란스럽게 만든 것에 대한 사죄도.

그래도 사람들은 현장에 모여들었다.

지금은 경비병과 이르가파 영주 가문의 정규병들이 그 사람들을 막고 있는 상태다.

"이래선 정규병도 그놈 은신처를 찾을 여유가 없겠네."

"오늘은 전부 꾸벅꾸벅 고개를 숙이네요."

"건방지게 굴던 정규병은 죽었으니까."

만약『가짜 마족』이 마을에 숨어있었다고 해도 이런 큰길가에 있지는 않았을 것이다.

아이네의 의견을 받아들여서 세실과 리타는 좀 더 인적이 없는, 한산한 곳을 찾아보기로 했다.

세실의『마력 탐지』.

리타의 뛰어난 후각.

아이네의 업무 경험에 의한 직관.

그 결과—

"정말로 찾아냈네요…."

세실과 리타는 낡은 오두막 앞에 서 있다.

별장지대에서 많이 떨어진, 마을 한구석이다. 인적이 거의 없는, 소위 말하는 복잡한 서민 거주지다. 관광지라도 이런 곳은 존재한다.

혹시 몰라서 근처에 있던 아이에게 물어보기는 했지만, 여기에 누가 살았는 지는 모른다고 했다.

"리타 언니. 안에 사람 기척이 있나요?"

"없어. 냄새도 없고, 호흡도 느껴지지 않아."

"마력도 잔류 마력뿐이에요."

그것도 어렴풋한, 당장이라도 사라질 것 같은.

이곳이 『가짜 마족』과 관계된 곳이라는 점은 틀림없다.

남은 건 돌아가서 나기한테 보고하기만 하면—

“그런데 그 『가짜 마족』은 어디에 숨어있었을까?”

“이 동네 어디 숨어있지 않았을까? 우리한테도 수색 명령이 내려왔어.”

두 사람 뒤로 지나간 마을 경비병들의 목소리가 들려왔다.

그 발소리가 사라질 때까지 기다렸다가 세실이,

“그러고 보니 『가짜 마족』 분은 나기 님이랑 같은 『내방자』였죠?”

“아마 그렇겠지.”

“혹시나 유류품 속에 나기 님이 『가짜 마족』과 같은 세계 사람이라는 걸 알 수 있는 물건이 있다면….”

“——?!”

세실의 말에, 리타가 깜짝 놀랐다.

“그, 그, 그런 일이 벌어지면….”

리타가 부르르 떨었다.

세실도 머릿속이 새하얘질 것 같았다.

주인님이 『가짜 마족』과 한패라고 오해를 받으면?

그 탓에 세실과 헤어지게 된다면?

생각만 해도 몸에 오한이 일었다.

"만약에 말인데요… 리타 언니."

"으, 응."

"경비병분들이 여기를 알아차리기 전에 저희가 『가짜 마족』의 유류품을 찾아낸다면, 나기 님한테 칭찬을 받을지도 몰라요."

"하자! 세실!"

"하지만, 명령을 안 듣는 노예는 싫다고 할지도 몰라요."

"관두자! 세실!"

세실과 리타는 움직일 수가 없었다.

나기가 『가짜 마족』의 은신처를 찾더라도 함부로 들어가지 말라고 했던 건 함정이 있을지도 모른다는 생각에. 상대는 같은 세계에서 온 『내방자』다. 어떤 아이템을 가지고 있는지도 모른다. 하지만 꾸물거리다가 경비병이 먼저 뒤지기라도 하면 큰일이다.

—제가 무서워하는 건.

—나기 님이랑 떨어지는 거예요.

세실은 숨을 크게 쉬고, 주먹을 꽉 쥐었다.

"하나 둘 셋, 하면 정하기로 해요. 리타 언니."

"아, 알았어."

눈을 감고, 둘이서 숫자를 세기 시작했다.

"하나, 두울—."

"셋!"

딱.

내디디려던 발이 멈췄다.

“‘‘…어쩌지.’’”

—역시 나기가 있어야 한다.

강력한 『치트 캐릭터』로 만들어주긴 했지만, 그것만 가지고는 안 된다.

나기 님이 곁에 없을 뿐인데, 아무도 없는 『가짜 마족』의 은신처가 너무나 무섭다.

하지만 이대로 그냥 두는 것도 걱정되고.

“일단 함정이 있는지 확인해보자.”

움직이지 않는 세실의 어깨를, 따뜻한 손이 붙잡았다.

세실은 은색 머리카락을 휘날리며 고개를 돌렸다.

“……저, 저기, 그게요, 나기 님.”

“수고했어 세실, 리타.”

아, 다 들켰어요.

거기 있는 나기 얼굴을 보니, 다 알고 있었다.

세실과 리타가 망설였다는 것도.

하지만 나기는 평소와 똑같은—세실이 너무나 좋아하는 상냥한 얼굴로,

“돌입하는 건 준비한 뒤에. 세실도 리타도 아이네도 스킬을 준비해.”

떨고 있는 세실의 머리를 쓰다듬고 웃어줬다.

“…역시 수면 부족은 좋지 않아.”

잠이 부족하면 일을 제대로 할 수 없다는 건 알고 있는데, 너

무 무리했나.

그 탓에 세실과 리타한테 힘든 일을 시키고 말았다.

하지만 역시 치트 캐릭터다. 제대로 아지트를 찾아냈으니까.

두 사람을 찾아낸 건 아이네, 그리고 내 『고속 분석』 스킬이지만.

"자, 그럼. 여기가 『가짜 마족』의 아지트란 말이지."

허름한 벽돌 건물이었다. 오두막이라고 불러야 하려나.

"죄… 죄송해요. 나기 님."

"응? 뭐가?"

"나기 님이 안에 들어가지 말라고 하셨는데, 저는…."

"세실은 내 지시대로 했잖아?"

망설인 것 같기는 했지만.

세실, 날 보고 울 것 같은 얼굴이 됐다.

"저, 저는, 나기 님이 『가짜 마족』 분과 같은 세계에서 왔다는 게, 사람들한테 알려지는 게 무서워서— 그래서— 그래서—."

"고마워."

나는 강하게, 세실의 은색 머리카락을 쓰다듬었다.

지시를 정확하게 해야 했어. 나도 같은 생각을 하고 대책을 짰는데.

"그럼, 우리한테 불편한 유류품이 있는지 확인해볼까. 세실은 『마력 탐지』로 문에 함정이 없는지 확인해줘. 그리고 저 창문으로 들어갈 수 있는지도."

백주대낮에 당당하게 『건축물 강타』로 벽을 날려버릴 수는 없으니까.

"알겠습니다. 발동—『마력 탐지』."

세실이 내 품 안에서 눈을 감았다.

동시에 리타는 『기척 감지』를 썼다.

나와 아이네는 집중하는 두 사람을 호위하는 역할.

"문 너머에 뭔가 희미한 마력이 느껴져요. 함정이나… 마력적인 결계로 보여요."

"알았어. 리타 쪽은?"

"안에 생물은 없어. 적어도 숨을 쉬고 움직이는 놈은."

리타는 눈을 뜨고 고개를 끄덕였다.

"아이네, 전직 수습 길드 마스터로서 의견을 말해줘. 파괴 공작을 꾸미는 악당의 은신처를 찾아냈습니다. 적은 아마도 들키면 곤란한 물건을 숨기고 있어. 침입자를 막기 위해서 어떤 장치를 해뒀을까?"

"문을 열면 독침. 아니면 마물이 나와. 리타 양의 『기척 감지』에 반응이 없다면, 독침이나 다른 트랩이 있을 것 같아."

아이네가 조금 생각한 뒤에 말해줬다.

"알았어. 어쨌거나 문을 부수면 사람들 눈에 띄니까 저 창문으로 들어가는 게 좋겠네. 리타는 『결계 파괴』로 마력적인 결계나 함정이 있는지 봐줘. 그리고 창문 창살을 부수고 들어갈 수 있겠어?"

"문제없어. 해볼게."

골목으로 들어간 리타가 땅을 박찼다.

도움닫기도 없이 자기 키의 두 배는 되는 높이로 수직 도약. 리타는 그대로 창문에 매달려서 손날치기를 했다.

나무 창살이 간단히 잘려나갔다.

리타는 그 틈새로, 짐승 같은 움직임으로 기어들어갔다.

"…뭐야 이거. 자물쇠, 안쪽에 독침이라니… 아~ 진짜!"

빠각. 또 단단한 물건이 깨지는 소리.

조금 지나서, 경첩에서 삐걱거리는 소리를 내며 문이 열렸다.

"됐어. 들어와."

"함정이 있었어?"

"문을 열면 독침이 튀어나오게 돼 있었어. 그리고 침입자한테 마비 효과를 주는 결계도 있었고. 전부 부숴버렸지만."

"잘했어, 리타."

우리는 오두막 안으로 침입했다.

"『라이트』."

세실의 손끝에서 작은 빛의 구슬이 나타났다.

라이트 마법으로 비춘 오두막 바닥에는 마물의 시체가 굴러다니고 있었다.

뿔이 잘려나간 가고일의 잔해.

날개를 뜯긴 뱀파이어 배트의 몸통.

그밖에도 죽은 슬라임에 골렘의 팔 같은 것도 있다.

"아마도… 그 『가짜 마족』과 『검은 갑옷』의 재료야."

아이네가 손으로 입을 막았다.

그밖에도 시커멓고 말랑한 생물이 들어 있는 항아리 같은 것도 굴러다니고 있다.

전부 꼼짝도 하지 않는다.

그『가짜 마족』이 죽으면 합성 생물들도 죽는 걸까.

"검은 갑옷은… 없네."

"그건 아마 밖에 묻어놨을 것 같아."

"왜 그런 수고를 했을까?"

"무기를 잔뜩 가지고 들어오면 눈에 띄니까. 때가 되면 움직이게 하고,『가짜 마족』이 안쪽에서 문을 열어주는, 그런 작전이었을 거야, 분명히. 그런 신화가 있어."

"그건 내가 살던 세계에도 흔히 있는 패턴이네."

그나저나 냄새가 정말 엄청나네.

피 냄새와 썩은 고기 냄새가 난다.

더 참지 못한 리타는 계속 손으로 코를 붙잡고 있다.

"보물 상자는 없음. 있다고 해도 100% 함정이겠지만. 나머지는 합성 생물의 소재뿐인가."

그 녀석의 배후관계를 알 수 있는 뭔가가 있으면 좋겠는데.

여기 있는 건 연구 재료뿐.

이대로 이리스한테 보고하고, 정규병들한테 조사를 맡겨도 되려나.

"세실, 다시 한 번『마력 탐지』."

"예."

"그 녀석의 잔류 마력을 찾아봐. 희미한 거라도 좋으니까."

"알겠습니다."

세실은 다시 한번 스킬을 발동.

눈을 감고 『가짜 마족』의 잔류 마력을 찾는다. 세실이 팔을 뻗더니, 바닥을 가리켰다.

"…찾았어요."

오두막 바닥에는 네모난 돌이 깔려 있다.

세실이 그중에 하나를 발끝으로 쿡쿡 찔렀다.

돌과 돌 사이에 틈이 있다. 분명히, 거기만 움직일 수 있게 돼 있다.

"이 밑에 뭔가가 있는 것 같아요."

"『결계 파괴』에는 반응이 없어. 마법적인 함정은 없는 것 같네."

"물리적인 함정을 조심해. 독화살이나 독침이 있을 가능성도 있으니까."

세실, 리타, 아이네가 가르쳐줬다.

내가 지시를 내렸다.

세실은 『타력 화살』을 준비. 바닥을 조준한다.

리타는 『신성력 장악』을 두 손에 집중. 방어력을 높인 상태로 바닥의 돌을 들어 올린다.

아이네는 마물이 숨어있을 때에 대비해서 『마물 청소』를 준비. 폭발물이 있으면 장벽을 만들어내는 스킬 『무지개 색 방벽』으로 막는다. 다만 마력 소모가 심하니까 나와 합체해서 기동한다.

집 전체가 무너질 것 같으면 나와 리타의 『건축물 강타』로 구멍을 뚫어서 탈출하고.

좋았어, 대책은 이만하면 되겠지.

“그럼 간다. 에이야~.”

리타가 바닥의 돌을 들어 올렸다.

동시에 뚝, 하고 뭔가가 끊어지는 소리가 났다.

“함정이야! 화살이 날아와!”

“에잇.”

트랩 작동. 독화살이 날아왔다.

리타가 화살을 쳐냈다.

“『기척 감지』에 반응! 『휴면 독 개구리』가 있어. 빛에 반응해서 움직이는 놈이야!”

『휴면 독 개구리.

맹독을 가진 개구리의 일종.

어둡고 서늘한 곳에서는 휴면상태에 들어가는 성질이 있다.

그래서 보물 상자나 침대 밑에 숨겨두고 암살에 쓰는 경우가 많다.』

“발동. 『마물 청소 LV1』이야!”

슈~웅, 철푸덕.

아이네의 대걸레가 『독 개구리』를 날려버렸다.

『독 개구리』는 벽에 부딪히고, 터져버렸다.

“그 밑에 뭔가 수상한 오브가 있어. 세실, 일단 『타력의 화살』 부탁해.”

“『타력의 화살』! 『타력의 화살』! 『타력의~ 화살~』!!”

땡, 땡, 땡.

검은 화살이 마룻바닥에 묻혀 있던 검은 오브를 때렸다.

“발동합니다. 『감정 LV2』.”

세실이 바닥에 있는 오브에 『감정』 스킬을 발동했다.

“…알아냈어요. 이건 주위의 마력을 빨아들여서 마법을 발동하는 마도구예요.”

세실이 그렇게 말한 순간, 오브에서 목소리가 들려왔다.

『플리즈 인풋 패스워드. 오어 시큐리티 어웨이크.』

…패스워드를 입력하라고?

『카운트다운. 스타트. 텐…… 나인…….』

“추가합니다. 『타력의 화살』! 『타력의 화살~』~.”

또다시, 세실의 화살이 검은 오브를 때리자 카운트다운이 느려졌다.

아무래도 이건 밖에 나오면 주위의 마력을 빨아들여서 공격마법을 발동하는 함정인 것 같다.

오브 옆에는 기름이 들어간 병이 있다. 여기에 불을 붙이는 타입인가.

오두막 안에 있던 마물 시체는 기름 냄새를 숨기기 위한 것들이고.

의외로 머리를 썼는데.

『패스워드』를 모르는 사람이 여기를 열면 독화살과 독 개구리로 막고, 마지막으로 마법을 발동해서 태워 죽이는 함정이다. 합리적이네.

"도망쳐, 나기. 뭔가 위험한 느낌이 들어!"

"괜찮아. 『패스워드』만 입력하면 멈추는 것 같아."

"『패스워드』? 암호 말이야? 그걸 어떻게 알아!"

"…아마도, 저거 아닐까?"

나는 바닥의 움푹한 곳을 가리켰다.

거기엔 양피지가 몇 장 놓여 있다. 함정 바로 밑에.

아마도 『가짜 마족』이 숨기려고 했던 건 이거다.

"…『항상 저희 길드를 이용해주셔서 감사합니다』 잠깐, 뭐야 이거! 어떤 게 『패스워드』인데?! 이걸 어떻게 알아. 그리고 읽을 수 없는 글자가—."

"트랩 정지. 패스워드는 『WHITE GUILD』!"

『패스워드 억셉트. 시스템 셧다운….』

카운트다운이 멈췄다.

그리고 쨍그랑, 소리가 나더니 검은 오브가 깨져버렸다.

"이 오브는 발동하면 낮은 레벨의 화염 마법을 발동하는 것 같아요. 이 돌이 벗겨지면 발동하는 거네요."

정말이지, 부비트랩 중에서도 악랄한 축이라니까.

은신처를 찾아내려고 하면 침입자와 유류품을 전부 태워버리려고 하다니.

게다가 숨긴 건 이거고.

"그런데… 나기 님은 어떻게 이걸 멈춘 거죠?"

"여기에 정지용『패스워드』가 있었어."

"『패스워드』 말인가요."

"아마도 동료가 유품을 회수하러 오거나 자기가 실수로 열었을 때를 위해서 안전장치를 걸어놨겠지. 이렇게, 양피지에 적혀 있었어."

가끔씩 있지, 컴퓨터 옆에 패스워드를 적어놓는 녀석들.

솔직히 이건 작동하면 엄청난 피해를 일으키는 함정이니까 그럴 만도 하지.

"이 양피지에 적혀 있는 건… 해고 통지인가."

내용은 다음과 같다.

『항상 저희 길드를 이용해주셔서 정말 감사합니다.

정말 죄송합니다만, 귀하와의「고용 계약」을 해지하고자 합니다.

해지 사유는 다음과 같습니다.

능력 부족. 협조성 결여. 명령에 대한 질문.

향후에 행동할 경우에는 본 길드와 관계가 없도록 해주십시오.

지금까지 정말 감사했습니다.

결점을 극복하고, 인연이 된다면 다시 뵙도록 하겠습니다.』

보낸 사람 이름은 없다. 그저 길드 이름만 적혀 있고.

여기만 영어—내가 원래 살았던 세계의 말이다.

『—WHITE GUILD—』

그리고 그 옆에 『PASS』라고 적혀 있다. 그래서 이거라고 생각했고.

"그나저나, 화이트 길드라니…."

딴죽을 걸어달라는 건가.

그리고 두 번째 양피지에 짧은 문장이 적혀 있었다.

『다음과 같은 실적을 달성한 경우에는 속히 연락 바랍니다.

재심사 대상이 됩니다.

「용 살해(또는 포획)」「오랜 피의 유산 제거」.』

이게 이리스를 노린 이유인가.

"혹시 『오랜 피』가 뭔지 알아?"

"…들어본 적이 없어요."

"무슨 암호 아닐까?"

"길드나 파티 이름일지도 몰라."

세실, 리타, 아이네가 나란히 고개를 저었다.

『오랜 피』라. 이르가파에 도착하면 조사해보자. 어쩌면 중요한 말일지도 모르니까.

길드 이름이 내가 살던 세계의 말이라는 것도 신경 쓰이고.

『내방자』가 만든 걸까, 아니면 말만 남아 있는 걸까—

일단 이런 이름의 길드를 보면 가까이 가지 말자.

"수고했어. 우리가 할 일은 여기까지야."

나는 세실, 리타, 아이네에게 말했다.

"이리스한테는 내가 보고할게. 그리고 우리 모두 보수를 받을 수 있게 교섭해보고."

"보수, 말인가요?"

"일한 건 세실이랑 리타, 아이네잖아. 내가 받을 수는 없지 않겠어?"

그런 부분은 확실히 해둬야지.

다들 신경 쓰지 않는 것 같지만, 내가 블랙이 된 것 같은 기분이 드니까.

"하지만, 저희만 있었으면 유류품을 손에 넣지 못했어요."

"마지막에 해결한 건 나기잖아."

"우리만 있으면 못 했어."

"그럼 똑같이 나누자. 나머지는 생활비용 지갑에 넣어두고."

자, 이제 호화로운 밥이나 먹어볼까.

그나저나… 『가짜 마족』은 뭘 원했던 걸까.

이런 즉사 함정까지 깔아놓고.

자신이 예전에 용자였다는 증거처럼 『해고 통지서』까지 챙겨두고.

그런 짓까지 해가며 용사가 되고 싶은 마음을 모르겠다.

용사가 되면 뭔가 특별한 명예나 보수가 있는 건가? 영광이라든지?

"…아냐, 반대려나?"

용사가 아니게 된 것이 무서웠던 건지도 모른다.

나도 『블랙 아르바이트』를 그만둘 때는 꽤 무서웠으니까. 내가 있을 곳이 없어질 것 같아서.

신경 쓰지 않게 된 건, 몇 번이나 그만두고 난 뒤였다.

——수고했어, 이름도 모르는 『가짜 마족』.

나는 마지막으로 『가짜 마족』의 은신처를 봤다.

——네 일은 끝났어. 잔업도 없고. 푹 쉬어.

소리 내서 말하진 않았지만.

그 뒤에, 우리는 다 같이 이리스한테 보고하러 갔다.

그리고 보수와, 덤으로 이 마을 『온천 시설 무료 이용권』도 받았다.

제14화 「『선택받은 자』의 우울」

다음날.

여행 준비나 정리, 장보기까지 마치고 저녁때.

내가 온천 시설 탈의실 문을 열었더니 알몸의 엘프 소녀가 있었다.

“““어……?”””

시간이 멈춘 것처럼, 서로 마주 봤다.

이상하네.

여기, 이리스가 이용권을 준 온천 시설 맞지?

그리고 입구에서 안내를 받고, 전세 욕탕이라고 해서 여기로 왔는데….

“어? 어? 어어어?”

엘프 소녀는 멍하니 이쪽을 봤다.

소녀는 몸에 걸친 마지막 한 장을 무릎까지 내린 상태에서 경직돼 있다. 머리카락은 풍성하고 분홍색. 푸르스름한 눈으로 날 보고 있다. 피부는 전부 새하얀데, 그 피부가 귀 끝부터 서서히 새빨갛게 물들어갔다. 내 시선을 똑바로 받은 채, 몸을 가리는 것도 잊고, 부들부들 떨고 있다.

어라? 내가 잘못 들어왔나?

하지만 분명히 카운터에 계신 분이 ‘여기입니다’라고 안내해준 곳인데.

그런데 이 여자애가 있다는 건—

어쩌면, 이쪽 세계 온천은 혼욕이 기본인가?

그렇다면 예의 바르게.

"아, 안녕하세요. 날씨 참 좋네요."

"예? 어라? 아, 예. 온천 하기 좋은 날이네요."

"지금부터 들어가시려고요?"

"그, 그래요."

"저도 그래요. 아는 사람이 이용권을 줬거든요."

"저, 저기, 그러니까… 아, 예, 그럼 같이… 아니, 그게 아니고!"

새빨개진 엘프 소녀가 당황해서 가지고 있던 수건으로 몸을 가렸다.

혼욕은 아닌가 보네.

"왜 남자가 들어온 거죠?! 벼, 벼, 변태인가요――!"

"변태 아니거든!"

"아, 예! 죄송해요!"

나도 모르게 받아쳤더니 엘프 소녀는 몸을 움찔움찔 떨고 나서 그대로 고개를 숙였다.

뭐지 이 데자뷔.

전에도 이런 일이 있었던 것 같은데…?

"죄송해요. 저도 모르게 큰소리를 질렀네요."

"아뇨, 저야말로 변태라고 해서 죄송해요…."

무한 사과.

이대로 가면 큰일이니까, 내가 뒤로 돌았다.

등 뒤에서 샤샥, 하고 옷 입는 기척.

"저기, 저는—어떤 사람이 초대해서 여기 왔거든요. 변태가 아니라 정말로."

"저, 저는, 일 때문에. 그러니까, 열심히 일했으니까 온천에 가서 쉬라고 해서…."

"죄송합니다~ 착각했네요~. 라필리아 그레이스 고객님~. 모험자 분은 이쪽 대욕탕으로 들어가 주세요~."

탈의실 밖에서 시설 직원 분 목소리가 들려왔다.

"……절망, 운도 없지."

푹, 고개를 숙이는 느낌과 함께 엘프 소녀가 중얼거리는 소리가 들려왔다.

모험자 중의 한 명이었나.

아까 느꼈던 기시감은 그것 때문인가. 어쩌면 어디선가 만났을지도 모르겠네.

"아으… 죄송해요. 제가 잘못했네요."

옷을 다시 입은 엘프 소녀가 내 앞에 와서 사과했다.

"못 볼 꼴을 보여드려서 죄송해요. 잊어주세요."

"아뇨, 저야말로 실례했습니다."

다시 무한 사과.

엘프 소녀는 비틀비틀, 탈의실 밖으로 나갔다.

……왠지 박복해 보이는 여자애네.

"후우———."

나는 욕조 속에서 팔다리를 뻗었다.

온천에 몸을 담그는 건 태어나서 처음인지도 모른다.

게다가 전세라니. 대단하네.

욕실 넓이는 학교 교실 정도. 바닥은 매끄러운 돌을 깔아놨고, 탈의실 반대쪽 벽 위에 환기와 채광용 창이 있다. 욕조는 원형이고, 한복판에 천장까지 이어진 기둥이 있다. 거기서 뜨끈한 물이 흘러나오고 있다.

"다들 같이 왔으면 좋았을 텐데."

다른 사람들은 여행 준비와 빌렸던 별장을 청소하느라 바쁘다. 마검을 들고 온천에 들어올 수도 없으니 레기는 집에—그렇게 해서 결국 나 혼자 오게 됐다.

사건 해결을 축하하는 의미로 다 같이 오고 싶었는데 말이야.

『가짜 마족』의 유류품도 이리스한테 전해줬고, 퀘스트는 전부 완료—.

"『가짜 마족』…."

그 녀석이 그렇게까지 용사에 집착했던 이유는 나도 모른다.

『사축』이 아닌 『용사축』이라는 느낌이었다.

그런 녀석들이 날뛰면 마물보다 질이 나쁘다.

이리스도 충격을 받았겠지.

자기를 노리는 놈들 때문에 마을에 난리가 났으니까.

보기엔 세실보다 어려 보이는데 '이리스가 책임자니까요'라면서 모험자들한테 사과하러 다녔다. 보상도 확실하게 하겠다고.

"…『약간의 성의』는… 달라는 말을 못 했네."

뭐, 됐고.

그 대신 온천 이용권을 받았으니까.

"이걸로 충분하겠지. 이다음엔…."

이다음엔 『생명 교섭 LV1』으로 뭘 할 수 있을지. 일하지 않고 먹고 사는 게 무리라면, 일하는 시간과 양을 한계까지 줄여서 살 수 있을지 생각해보자.

"……어라?"

탈의실 쪽에서 발소리가 들려왔다.

분명히 여기는 이리스가 전세 냈을 텐데.

그렇다면… 정규병인가. 이르가파에서 온 부대 사람이거나.

……그래. 나가자.

이름도 없는 모험자로서, 최대한 마주치고 싶지 않으니까.

"……실례합니다."

수증기 너머로 작은 그림자가 보인다.

나는 들키지 않게 우회해서 탈의실로—

"소마 님. 여기 계시죠…?"

마치 어딘가의 왕궁이나 궁전에서 걷는 것처럼, 우아하게.

날씬한 몸에 목욕용 수건만 두른 차림으로.

불안한지 좌우를 둘러보며, 녹색 머리카락의 소녀가 욕실로 들어왔다.

이리스였다.

"아, 소마님. 여기 계셨네요. 다행이다."

이리스는 날 보고 안심한 것처럼 웃었다.

"…왜 이리스가 여기에?"

"소마 님과 단둘이 얘기를 하고 싶었습니다."

이리스는 그렇게 말하고 욕조 가장자리에 앉았다.

창피한지 가슴을 가리고, 기둥 너머에 있는 날 보고 있다.

"습격 때문에 걱정하시는 거라면 괜찮습니다. 지금 이 온천 시설은 이르가파에서 온 부대가 둘러싸고 있으니까요. 개미 한 마리 지나갈 틈도 없습니다."

오히려 걱정되는데.

"무녀 일은 괜찮아? 이리스."

전세 낸 목욕탕에는 나와 이리스 단둘뿐.

다른 사람 기척은 없다. 그저 물 흐르는 소리만 들린다.

"메이드 마틸다가 도망가서… 아주 조금, 이리스를 관리하는 망이 느슨해졌습니다."

날씬한 몸에, 젖은 수건만 몸에 감은 이리스.

"제사의 의무를 다하려면 정신적인 안정이 필요하다—그런 구실로 여기에 데려다 달라고 했습니다."

"그랬구나…."

"이것도 소마 님 덕분입니다. 친구는 정말 좋네요."

욕조 가장자리에 앉아서 다리를 쭉 뻗은 이리스는, 처음으로 보는 편안한 표정을 지었다.

이리스한테는 부하를 고를 권리도 일을 고를 자유도 없다고 했었지.

정말 미칠 지경이겠지. 그런 상태에서 목숨까지 노리면.

나는… 지금으로선 아무것도 못 해주지만.

이렇게 친구로서 편하게 있어 줄 수 있으니 다행이겠지.

"그러고 보니 이리스한테 이르가파에 대해 물어보려고 했는데."

왠지 어색해서 말을 꺼냈다.

"우리는 지금부터 거기에 정착할 예정인데, 그걸 위한 절차라든지 도시 구조, 그리고 치안… 정도려나. 그런 것들에 대해 가르쳐줬으면 싶거든."

"그렇군요. 오래 사시려면 주민등록은 해두는 게 좋을 겁니다. 도시의 구조는 그림이 없으면 설명하기 힘들겠네요. 치안은 좋다고 봅니다. 상인 길드가 서로 대립하기는 하지만, 기본적으로는 이르가파 영주 가문에 거역할 수 없으니까요."

대답이 술술 나온다.

역시 『해룡의 무녀』, 어리지만 우수하다.

"거역할 수 없다는 건 『해룡』과 계약할 권리가 있어서?"

"맞습니다. 그게 가능한 것은 영주 가문뿐이니까요."

"그런 도시에 우리 같은 외부인들이 들어가 살아도 되려나."

"해운 도시니까요. 바다를 건너서 찾아오는 분들도 있고, 평범한 모험자 길드도 있습니다. 이리스가 주민등록의 추천인이 돼드리겠습니다. 질문하신 내용에 대한 자세한 자료는 나중에 소마 님께 전해드리겠습니다."

"질문 하나 더. **마왕은 정말로 있어**?"

계속 궁금했었다.

임금님은 마왕이 있다고 했다. 그래서 우리를 소환했고.

하지만 지금까지 여행하는 동안에 마왕이 있다고 믿을만한 근거를 하나도 본 적이 없다. 마물은 있지만, 행패를 부리는 귀족이나 버림받은『내방자』정도밖에 못 봤다.

나로서는 마왕의 위협이라는 걸 잘 모르겠다.

"있다고… 봅니다. 이르가파에서는 해로로 지원 물자를 보내고 있으니까요. 물자는 바다 건너에 있는 항구에서 내리고, 거기서부터 마왕군과 싸우는 변경의 요새로 보내질 겁니다."

"겁니다, 라는 말은 항구에 내린 뒤에 대해서는 잘 모른다는 뜻이네."

"예. 변경까지는 국왕 폐하 직속 병사들이 수송하니까요…… 하지만……."

"미안해. 그냥 생각이 나서 물어본 거야."

아무리 그래도 그건 아니지.

마왕이 없다면 임금님은 **마왕 토벌을 구실로** 뭔가 다른 목적을 위해서 용사를 소환했다는 뜻이 된다.

그런 건, 아무리 생각해도 망상이지….

"궁금하시다면 변경 쪽 물자 담당자에게 물어보겠습니다만."

"거기까지 해줄 필요는 없어. 하나 더 물어봐도 될까."

"예."

"『오랜 피』라는 말을 들어본 적 있어?"

"그 양피지에 적혀 있던 말이군요."

욕조 가장자리에 앉은 채, 이리스가 고개를 저었다.

"구체적인 것은 모릅니다. 하지만 오래된 생물이라면 용이나 다른 데미 휴먼, 여러 가지가 들어가겠죠."

"그렇게 되면 범위가 너무 넓어지네."

"이르가파로 돌아가면 전승에 대해 잘 아시는 분께 물어보겠습니다."

"미안하네. 부탁해도 될까?"

"물론이죠."

이리스는 손으로 목의 땀을 닦고, 확실하게 고개를 끄덕였다.

"소마 님께는 도저히 갚을 수 없는 은혜를 입었습니다. 『태풍이 불 때 도와준 사람은 평생 가족이 된다』, 이르가파의 속담입니다."

"가족이라…. 친구를 도와주는 건 당연한 일이잖아."

『가짜 마족』의 정체를 알고 싶어서 그런 것도 있지만.

하지만 신분이 다른 우리를 『친구』로 대해주는 이리스한테 큰 도움을 받은 것도 사실이다. 그렇지 않았다면 치트 스킬을 써서 전투에 개입하지는 않았을 테니까.

"예. 소마 님과 이리스는 친구입니다."

그렇게 말하고, 이리스는 웃었다.

이러고 있으면 평범한 여자애라는 느낌인데.

"이리스와… 소마 님은 친구죠?"

"으, 응."

왜 그렇게 걱정하는 얼굴로 확인하는데?

"친구라면 같이 목욕하는 정도는 당연하겠죠? 숨기는 일도 없어야겠죠?"

"같이 목욕하는 건 그 지역 풍습에 따라 다르고, 숨기는 일은 있어도 된다고 생각해."

"그럼 이리스의 풍습에서는 친구가 같이 목욕하고 숨기는 일이 없다, 그렇게 생각하면 되겠죠?"

순식간에 내 논리를 거꾸로 이용해버렸다.

이리스의 교섭 스킬은 대체 얼마나 높을까.

"대등한 친구라는 걸, 동경했습니다."

이리스는 꿈꾸는 소녀처럼 눈을 반짝거리면서 말했다.

"꿈이나 좋아하는 것에 대해 말하는 것이 『친구 LV1』, 같이 자기도 하고 교환일기를 하는 게 『LV2』, 그리고 같이 사선을 넘나들고 아무것도 숨기지 않는 게 『LV9』겠죠?"

"이리스한테 친구는 스킬 취급이야…?"

"…이리스의 친구관은 이상한가요? 그, 그렇다면 소마 님께 친구란 어떤 건가요?"

"내… 친구…?"

어라? 그러고 보니 원래 살았던 세계에서 친구가 있었던 기억이 없네?

아르바이트 동료는 있었지만 일할 때 말고도 친하게 얘기한 적은 없고, 스마트폰도 아르바이트 찾을 때랑 업무 연락 전용이었고… 어라? 혹시 나 친구관을 얘기할 스킬이 없는 게 아닐까…?

"아, 아무 말이 없으시니까 불안합니다. 소마 님…."

이리스는 어깨를 축 늘어트리고 풀이 죽은 얼굴.
표정이 계속 바뀐다. 적이나 병사 앞에서는 어른스럽게 보이는데.
이건 이리스가 내 앞에서는 안심한다는 뜻일까.
그럼 높은 레벨의 친구라고 해도 되겠지.
"응. 맞아. 이리스랑 나는 소중한 친구야."
"다행이다…."
이리스는 후, 하고 한숨을 내쉬며 얇은 천으로 가린 가슴을 쓸어내렸다.
"역시 소마 님과 이리스는 같이 사선을 넘나들었으니까 『친구 LV9』입니다. 만약… 소마 님께 이리스가 좀 더 낮은 레벨이라도, 이리스한테는 최고이자 유일한 친구입니다…. 그러니까 이리스는 소마 님께 모든 걸을 알려드리고 싶습니다."
그렇게 말하고, 이리스는 옆에 있던 바가지로 물을 떴다.
그걸 그대로, 자기 어깨에 쏴아, 하고 뿌렸다.
…수증기 때문인가?
이리스 어깨에 녹색의 뭔가가 나타난 것처럼 보였다.
"이것이 『가짜 마족』이 원했던 『해룡의 피』를 이어받은 자의 증거입니다."
이리스는 나한테 등을 돌리고 수건을 허리까지 내렸다.
매끈한 등.
그 어깨 언저리가 녹색 비늘로 덮여 있었다.
높이 있는 채광창에서 들어오는 새빨간 저녁 햇살.

그 빛을 받은 이리스의 비늘이 어렴풋이 빛나고 있다.

"…해룡의 비늘?"

"예?"

게임 같은 데 흔히 있었지. 반인반용.

이리스의 경우에는 조상님인 『해룡의 딸』의 유전자가 이렇게 나타난다는 뜻일까.

"물에 젖으면 해룡의 비늘이 나타납니다. 이 사실은 가족과… 제 몸 시중을 드는 사람밖에 모릅니다."

"그렇구나. 그런데 이 비늘에 방어력 같은 건 있어?"

"바, 방어력, 말인가요?"

"응. 용의 비늘은 불가침의 방어력을 상징하기도 하잖아."

"그, 글쎄요. 생각해본 적도 없습니다. 부딪쳐도 그다지 아프지 않기는 합니다만."

"그렇겠지. 용이니까. 정말 멋있다."

어이쿠. 너무 빤히 쳐다보면 실례겠지.

그렇겠지.

판타지 세계니까 용도 용의 피를 이어받은 소녀도 있겠지.

"……처음이에요."

"응?"

"이리스의 비늘을, 멋있다고 말해준 분은."

"판타지—가 아니라, 여기는 검과 마법의 세계니까는 비늘 정도는 당연히 있지 않겠어?"

"아니요. 예전에는 『해룡의 피』를 이어받은 여자아이는 태어나자마자 바로 유폐되고『해룡 제사』때만 밖에 나올 수 있었다고 들었습니다. 세월이 지나면서 이리스는 이렇게 밖에 나올 수 있게 됐습니다만… 그래도 기분 나쁘다는 말을 들은 적이 있습니다.”

이리스는 더듬더듬 말했다.

“이리스의 시중을 드는 메이드를 찾는 건 정말 힘들었습니다. 이 비늘을 보고도 신경 쓰지 않았던 건 메이드 마틸다 정도…….”

그 못돼먹은 메이드를 측근으로 둔 데에 그런 사정이 있었나.

아무한테나 시킬 수 있는 일이 아니니까.

“『해룡의 무녀』라고는 하지만, 이리스는 정말 아무것도 아닙니다. 이르가파로 돌아가면『해룡 제사』와 아버님 일을 돕는 정도밖에 할 일이 없으니까요. 사실은 병사들이 몸을 던져가면서 지켜줄 가치 따위는 없습니다. 중요한 것은『해룡의 피』니까….”

이리스는 수건을 다시 감고 내 쪽을 봤다.

그리고는 쓸쓸하게 웃었다.

“인간과 데미 휴먼이 있는 세상이니까, 비늘 같은 사소한 일은 아무도 신경 쓰지 않을 줄 알았는데.”

“그런 세계이기에 사람인지 마물인지 모를 존재를 싫어하는 법입니다.”

“하지만 이리스는 우수하잖아?”

“영문 모를 존재가 자신보다 일을 잘하면 기분이 나빠지잖아요?”

……있지, 그런 거.

입장은 자기보다 밑인데 일은 잘하는 사람. 짜증은 나지만 없으면 곤란한 사람. 그런 상대한테는 좀 심하게 대하는 법이지.

“이르가파를 위해서 일하는 것은 영주 가문에 태어난 사람으로서 당연한 일입니다. 그건 좋지만… 『해룡의 피』 때문에 목숨까지 노리는 일이 벌어지면, 아무래도.”

“힘이 빠지지.”

“힘이…… 예, 그 표현이 딱 맞네요. 이리스, 힘이 빠져요.”

이리스는 수건으로 감싼 가슴에 손을 얹고서 웃었다.

“그래서 소마 님께, 인생의 선배로서 상담을 부탁드리고 싶어요. 조용히.”

“인생 선배라니. 그렇게 오래 살지도 않았는데.”

“하지만 노예를 세 명이나 데리고 계시잖습니까. 게다가 모두들 소마 님을 흠모하고 계세요. 그런데도 전부 사이가 좋고. 그런 일을 할 수 있는 소마 님은 인생의 쓴맛도 단맛도 전부 알고 계시는 분이 틀림없어요!”

“그러려나.”

우리 노예들이 사이가 좋은 건, 단순하게 말해서 세실은 다른 사람들을 가족처럼 생각하고, 리타는 세실을 정말 좋아하고 아이네도 친구처럼 생각하니까. 아이네는 봉사하는 걸 아주 좋아하고, 다른 사람들을 위해서 일하는 걸 즐기고 있다.

마검 레기는 그런 사람들을 보면서 ‘역시 이 몸이 인정한 주인님이다. 자, 이놈들과 자식을 만들자’ 같은 소리를 하지만, 뭐 그건 그거고.

"그래서, 상담할 게 뭔데?"

"예, 이건 다른 사람들한테는 비밀입니다만… 에취!"

작은 재채기.

이리스가 입을 가렸다. 나한테 등을 돌리고, 몸에 감고 있던 수건을 풀었다.

내가 고개를 돌리자 참방, 작은 몸을 물에 담그는 소리.

고개를 돌려보니 어깨까지 물에 담근 이리스가 나한테 손짓을 했다.

"……큰 소리를 내면 밖에 있는 병사들한테 들릴지도 모릅니다. 곁으로 오세요."

"그러니까."

"못된 꿍꿍이, 예요. 조용히 얘기해요. 소마 님."

나한테 등을 돌린 채, 이리스가 짓궂게 웃었다.

뭐…… 괜찮겠지.

나는 이리스에게 다가가서 등을 돌리고 앉았다.

톡, 작은 등과 내 등이 서로 기댔다.

살갗은 살짝 분홍색. 하지만 어깨 언저리에는 녹색 비늘이 드러나 있다. 등에 매끈한 감촉이 느껴진다. 딱히 기분이 나쁘다든지 이상하다는 느낌은 없다. 그저 여기가 다른 세계라는 걸 새삼 실감하는 정도.

"이리스는 못된 아이가 된 것 같아요."

나한테 등을 기대고, 이리스가 말했다.

"『해룡의 무녀』라는 사실을 무거운 짐처럼 느끼게 돼버렸습

니다."

"응. 내가 이리스였다면 오래전에 도망쳤을 것 같아."

실제로 『해룡의 무녀』의 사명은 듣기만 해도 너무나 무겁다. 일 년에 한 번 있는 제사 때문에 마음대로 밖에 나가지도 못하고, 기껏 밖에 나왔더니 목숨을 노리는 일이 생기고. 게다가 부하들은 말도 안 듣고.

중요 인물이지만 권리는 없다. 언제 상사한테서 일이 내려올지 모르니까 항상 대기 상태.

영주와 부하들 사이에 껴서 일만 하는 중간 관리직.

마음을 터놓을 수 있는 건 이해관계가 없는 우리 같은 모험자들 뿐.

『해룡 제사』를 핑계로 1년 365일 구속된 꼴이나 마찬가지니까.

"일시적이라면 무녀의 입장에서 벗어나는 것도 좋지 않을까."

나는 이리스의 『친구』고, 이르가파 영주 가문에는 은혜를 입은 것도 없고 빚진 것도 없다.

그러니까, 지금은 무책임한 말을 해주자.

"『해룡 제사』는 일 년에 한 번뿐이잖아. 그렇다면 다른 날에는 변장하고 기분 전환하러 외출하는 정도는 허락해주지 않을까? 물론 이번 사건이 완전히 정리된 뒤에나 가능하겠지만. 호위가 필요하다면 우리가 도와줄 수도 있으니까."

"전에…… 아버님께 같은 부탁을 드려본 적이 있습니다. 하지만, 안 된다고."

"어째서?"

"만약 무슨 일이라도 생겨서 제삿날까지 돌아오지 못한다면 어쩔 거냐고……."

이리스는 힘없이 고개를 숙였다.

"이번에는 어머님 5주기라는 이유로 간신히 여행을 허락받았습니다. 그런데 이런 일이 일어났으니, 아마도 당분간은 밖으로 내보내 주지 않으시겠죠."

무녀의 숙명인가.

게임이나 소설에서는 『선택받은 자』를 동경하는데, 생각해보면 원 오프인 인재라서 자유롭게 행동할 수가 없겠지.

이 경우에는 이리스가 없어지면 해룡의 가호를 잃게 된다. 한마디로 이리스의 존재에 이르가파의 해운이 전부 걸려 있다는 뜻이다. 그래서 이동할 자유가 없다. 일을 선택할 자유도 없다. 그리고 그 피를 노리는 놈들 때문에 주위에 피해가 발생한다….

그렇구나.

『선택받은 자』라는 일과 인생이 일체화된, 일종의 블랙 노동자였네….

"이리스 없이도 『해룡 케르카톨』과의 계약을 갱신할 방법은?"

"딱 두 가지가 있습니다."

"첫 번째는?"

"이리스가 아이를 낳는 것입니다."

등 뒤에서 작은 몸이 꼬물거리는 게 느껴졌다.

"아이를 낳아서 그 아이에게 『해룡의 피』가 옮겨가면 이리스는 무녀 일에서 해방됩니다만……."

"그건 아이한테 이리스와 똑같은 운명을 짊어지게 만드는 거니까 하기 싫지?"

"……그렇습니다. 그리고 이리스는 첫사랑도 아직 못 해봤으니까요."

그건 너무 노골적인 게 아닐까, 이리스.

"두 번째 방법은?"

"해룡의 용사와 함께 의식을 행하면 이리스가 살아 있는 동안에는 제사를 지낼 필요가 없어집니다. 말하자면 원초의 의식을 재연하는 거죠."

"재연…… 『해룡의 딸』과 인간 소년의 『스피릿 링크』 의식을 다시 한번 한다는 거야?"

"예. 『스피릿 링크』가 아니라도 상관없습니다. 어쨌거나 『해룡의 딸』의 피를 이어받은 이리스와 용사의 증거를 지닌 소년이 맺어지면 해룡이 인정해줍니다. 그렇게 되면 이리스와 그 소년이 살아 있는 동안에는 제사를 지낼 필요가 없습니다.

"그러니까, 해룡의 용사를 찾아내면 이리스는 무녀 임무에서 해방된다."

"예. 용사와 접하면 이리스의 비늘이 진주색으로 빛나니까, 그걸로 알 수 있습니다."

해룡의 용사가 있으면 이리스는 무녀의 의식에서 해방된다.

그리고 그 용사와 접하면 비늘이 진주색으로 빛나니까, 그걸로 용사를 알아볼 수 있다는 건가.

……조건이 너무 빡빡하잖아.

"힘들겠죠……. 용사가 되려면 해룡의 천적을 쓰러트려야 합니다. 그리고 그 천적의 비늘이 용사의 증거가 되는 거죠. 하지만 그런 거대한 마물을 쓰러트릴 수 있는 사람이…… 있을 리가 없습니다. 지금은 전설의 시대가 아니니까."

이리스, 우는 거야?

내 등에 기대서, 작은 몸이 떨고 있다.

이리스는 항구 도시 이르가파의 운명을 짊어지고 있다. 그리고 이리스 자신도 도시와 깊게 맺어져 있고. 내가 억지로 데리고 나갈 수는 있겠지만, 그랬다가 이르가파에 무슨 일이라도 생기면 이리스는 계속 걱정하겠지. 틀림없이.

『선택받은 자』도 힘들구나…….

이리스도, 용사도.

어째서 임금님이나 백작, 그 『가짜 마족』도 그런 게 되고 싶어 하는 걸까.

"우리는 당분간 이르가파에서 살 생각이니까."

"소마…… 님……?"

"이리스가 무녀 일을 하다 힘들면 우리 집에 놀려오면 되지 않을까. 특별한 대우는 못 해주겠지만. 옷 갈아입는 것도 목욕도 우리 노예들이랑 같이 해야겠지만, 그래도 좋다면."

물론 남몰래, 조용히 와야겠지만.

이르가파에 도착하면 그걸 가능하게 만들 수 있는 스킬을 만들 수 없을지 생각해봐야겠다.

이 세계에서 두 번째로 생긴 『친구』를 위한 일이니까. 그 정도는 괜찮겠지.

"예, 물론이요! 정말 고맙습니다… 나기 님… 고맙… 습니다."

이리스가 참방, 두 손을 얼굴에 얹었다.

고개를 돌려서 봤지만 이리스의 비늘은 녹색. 뭐, 당연한 일이겠지.

해룡의 천적이라면 그야말로 전설급 마물일 테니까. 우리가 만날 일은 없겠지만…… 만약 만난다면 세실의 고대어 마법으로 비늘 한 개 정도는 벗겨낼 수 없을지 시험해보자.

"그럼, 먼저 나가보겠습니다. 너무 오래 담그고 있었던 것 같아요."

이리스가 조용히 말하고 물소리를 내며 일어났다.

나는 당황해서 고개를 돌렸다.

"소마 님은 천천히 계시다 가세요. 떠나실 때까지 몇 번이든 이용하실 수 있으니까, 괜찮으시다면 동료분들도 같이… 그럼!"

문이 열렸다 닫혔다.

『선택받은 자』를 구할 방법이라.

어쩌면 마왕을 쓰러트리는 것만큼이나 어려울지도 모르겠네.

"……이리스는 정말 창피한 짓을 했어요."

탈의실에서, 이리스는 젖은 몸을 닦고 있었다.

기복이 거의 없는 자신의 모습. 조금만 더 어른이었다면 좋았을 텐데.

소마 님이 어떻게 여겼을지, 생각만 해도 얼굴이 새빨개졌다.

하지만 역시 소마 나기 님은『친구』였다.

바보 같은 짓을 했다는 걸 알면서도 실실, 웃음이 멈추지 않는다.

알몸인 채로 자기도 모르게 폴짝폴짝 뛰게 된다.

이리스한테 친구가 생겼다. 계속 있는 건 아닐지도 모르지만, 같은 동네에 있어 준다.

언제든 놀러 오라고 해줬다.

그걸로 충분하다, 아무것도 필요 없다. 자신이 달라질 필요도 없다.

"뭘 하고 놀까요. 역시 소마 님이 관심을 가질 만한『해룡 전설에 대한 고찰』에 대해 얘기할까요. 가끔은 아무 생각 없이 나란히 누워서 잡담을 하는 것도 좋겠죠."

꿈꾸는 것처럼 중얼거리며 속옷을 입었다.

그때, 알아차렸다.

아주 잠깐이었다. 그것은 나타났다가, 금세 사라졌다.

"잘못… 본 걸까요…."

가슴이 마구 뛴다.

"설마, 소마 님이『해룡의 천적』——대괴어 레비아탄을——?"

이리스는 멍하니 중얼거렸다.

조금 전에, 아주 잠깐,

이리스의 비늘이 **진주색**으로 빛난 것처럼 보였다.

제15화「약간의 성의 목록과 이르가파로 가는 짧은 여로」

온천에 갔던 다음날, 우리는 리헬다를 떠났다.

항구 도시 이르가파에서 온 부대는 십여 명의 기사와 100명 가까이 되는 보병으로 구성돼 있다. 반경 100미터 이내에는 다가가고 싶지도 않게 만드는 박력과 위압감으로, 항구 도시 이르가파 영주의 재력과 권력이 얼마나 대단한지를 더할 나위 없이 보여줬다.

하지만 우리가 그 부대 뒤를 조용히 따라가기로 했다는 이야기는 잘 전해졌는지, 출발하기 전에 전령 병사가 인사하러 찾아왔다.

전령 병사는 나와 비슷한 또래였고, 지금부터의 여정에 대해 말해준 뒤에 "행렬 뒤에서 약간 떨어져서 따라오세요. 다들 이리스 님 습격 사건 때문에 신경이 날카로우니까"라고 충고해줬다.

이르가파 병사 중에도 친절한 사람은 있는 것 같다.

전령 병사는 우리한테 인사를 하고, 그 뒤에 뭔가 생각이 난 것처럼,

"깜박할 뻔했습니다. 이리스 님께서 소마 나기 님께 보내는 편지를 가져왔습니다."

"편지?"

"잘은 모르겠습니다만, 『약간의 성의 목록』이라고 하셨습니다."

……『약간의 성의』?

아, 『가짜 마족』과 싸웠을 때 내가 요구했던 그거.

이리스는 참 착실하네.

『약간의 성의』는 정규병에게 잘못이 있다는 걸 공식적으로 인정하기 위한 것일 뿐이고, 그 녀석들이 『가짜 마족』과 같이 죽은 지금에 와서는 별 필요도 없는 건데.

하지만 여기서 거절하면 그것도 실례겠지.

"감사히 받겠습니다. 이리스 님께 그렇게 전해주세요."

나는 병사가 내민 『목록』을 받았다.

『목록』은 양피지를 둘둘 말아서 밀랍으로 봉인한 것이다. 봉인 부분에는 뱀처럼 생긴 용 모양의 문장이 찍혀 있다.

병사가 돌아간 뒤에 그 『목록』을 열어봤다.

제일 먼저 눈에 들어온 것은 맨 위에 적혀 있는 이리스의 서명.

그 아래에는 이런 문장이 적혀 있다.

『소마 나기 님께.

이리스 하페우메어가 소유한 가장 사소한 것을 양도하겠습니다.

목록

이리스 하페우메어.』

……어라?

뭘 준다는 말이 없네. 마지막에 이리스의 서명이 하나 더 있을 뿐이고.

제일 밑에는 받는 쪽이 서명하는 칸이 있다. 아마도 내가 받은 뒤에 서명을 하면 되겠지. 그런데, 뭘 주는 것인지 안 적혀 있는데… 깜박했나?

이리스가 그런 실수를 할 것 같지는 않은데.

확인하는 건… 지금은 무리다. 이리스 주위에는 병사들이 빽빽이 둘러싸고 있으니까. 가까이 가기도 힘들겠고, 출발하기 전에 시간을 내달라고 할 수도 없으니까.

뭐, 됐고. 이르가파에 도착하면 또 만날 기회가 있겠지.

"자, 다들 준비됐어?"

나는 목록을 닫았다.

고개를 돌려보니 다들 별장 앞에서 짐을 정리하고 있었다.

"예, 나기 님. 문은 잘 닫았어요."

"우리 냄새 나는 게 남아 있지는 않은지 확인도 했어."

"불단속도 잘했어. 안심이야."

세실, 리타, 아이네가 고개를 끄덕였다.

짐은 다 확인했고. 문단속도 했고. 건물 열쇠는 전령 병사한테 돌려줬다.

"그럼, 출발하자."

안녕, 온천 마을 리헬다.

우리는 별장을 떠났다.

마을 큰길에 은색 행렬이 줄지어 걷고 있다. 우리는 조금 떨어져서 그 뒤를 따라간다.

그밖에도 같이 출발하는 모험자들이 있는 것 같다. 지난번 전투에서 다친 사람들과 어디선가 본 것 같은 분홍색 머리카락의 엘프 소녀도 있다. 다들 행렬 뒤에 줄지어 있다. 우리는 이름도 없는 파티니까 모험자들 맨 뒤에서 따라갔다.

하늘은 새파랗고 바람은 기분 좋다.

항구 도시 이르가파까지는 걸어서 하루 정도. 이젠 아무 일 없겠지… 그렇게 생각하고 싶다.

솔직히 이렇게 많은 병사들도 처리할 수 없는 문제가 생긴다면 우리는 도망치는 수밖에 없으니까, 그냥 편하게 생각하자.

온천 마을의 문을 빠져나온다. 가도를 따라서 약간 빠른 페이스로 걸어간다.

그렇게 해서 우리는 항구 도시 이르가파로 가는 짧은 여로에 올랐다.

걸어가면, 우리는 평소에 하던 대로 스킬을 확인하기로 했다.

메테칼에서 나올 때까지 손에 넣은 스킬은 이름만, 온천 마을 리헬다에서 늘어난 스킬은 효과까지, 서로 확실하게 파악해두기로 했다.

먼저 내 스킬부터. 아, 그건 그렇다 치고….

…………저기 말이야.

그냥 스킬 확인만 하니까, 그렇게 달라붙을 필요는 없잖아?

병사들도 모험자들도 조금 떨어져 있어서 우리가 무슨 얘기를 하는지는 안 들릴 것 같은데…… 뭐? 방심하면 안 된다고? 수인의 청각을 얕보면 안 된다고? 주인님의 말을 한마디라도 놓치면 안 된다고? 아, 그러세요.

그럼, 진짜로 내 스킬부터.

소마 나기

종족 : 인간

직업 : 스킬 스트럭처

레벨 : 2

고유 스킬『능력 재구축 LV3』

통상 스킬『증여 검술 LV1』『건축물 강타 LV1』『고속 분석 LV1』『이세계 회화 LV5』『초월 감각 LV1』『지연 투기 LV1』

내가 온천 마을에서 새로 익힌 스킬은 세 가지.

『유수 검술 LV1』

적이 검으로 주는 대미지를 물처럼 흘려낼 수 있다.

단, 흘려낼 수 있는 것은 검 한정. 이건 신경 써야지.

폼 잡다가 도끼에 맞아서 두 동강이 나면 웃을 수도 없으니까.

『고속 재구축』

스킬을 고속으로 재구축할 수 있다. 단, 안정성이 떨어진다.

한동안 재구축한 상대와 연결돼 있어야 하는 데다, 그 뒤에 시간을 잔뜩 들여서 스킬을 안정시켜야 한다.

정말로 긴급한 상황에서만 쓰고, 평소에는 봉인해두자.

『생명 교섭 LV1』

식재료로 누군가와 교섭할 수 있다. 그동안에는 동물이나 마물과도 의사소통이 가능해진다.

이건 교섭 스킬이라기보다 마물을 상대로 커뮤니케이션하는 스킬이라고 생각해야겠지. 그런 의미에서 보면 상당한 치트 스킬이다.

다음은 세실.

세실은 내『혼약자』가 됐다.

세실 파롯

종족 : 마족(대외적으로는 다크 엘프)

직업 : 여동생계 천연 무방비 마법사이자 노예 혼약자.

레벨 : 2

고유 스킬『마법 적성 LV3』

통상 스킬『고대어 영창 LV1』『고대어 통역 LV3』『마법 내성 LV1』『마력 탐지 LV1』『감정 LV2』『동물 공감 LV3』

특수 마법『타력의 화살 LV1』

습득 마법
『화염 마법 LV1』:『라이트』『플레임 애로』『파이어 볼』
『화염 마법 LV2』:『플레임 월』

세실의 추가 스킬은 하나뿐.
나와『혼약』했을 때 생겨난 스킬이다.

『이중 영창』
동시에 두 개의 주문을 영창할 수 있다. 마력 소모량은 똑같으니까 조심하자.

그리고 리타. 이번에는 리타가 제일 힘들었지.

리타 멜페우스
종족 : 수인

직업 : 멍멍이계 외로움 많이 타는 신성 격투가.

레벨 : 3

고유 스킬『격투 적성 LV5』

잠금 스킬『신성력 장악 LV1』

통상 스킬『신성 격투 LV5』『신성 가호 LV4』『가창 LV4』『기척 감지 LV4』『무도 격투 LV1』『무류 가창 LV1』

리타의 추가 스킬은 두 개.

하나는 내가 준『건축물 강타 LV1』그리고 또 하나는——

『결계 파괴 LV1』

마법이나 스킬에 의해 발생한 공간 지배를 파괴한다.

정지 공간이나 결계를 때려서 파괴할 수 있는 말 그대로 치트 스킬이다.

만든 뒤에…… 아주 큰 일이 났었지만….

마지막으로 누나 메이드 아이네.

왠지 최근 들어 나랑 눈이 마주칠 때마다 자기 가슴을 신경 쓰는 것 같은데, 대체 왜일까. 물어봐도 말을 안 하고…… 괜찮으려나.

아이네 크루넷
종족 : 인간
직업 : 봉사계 메이드이자 모두의 언니.
레벨 : 4

통상 스킬『무지개 색 방벽 LV6』『요리 LV9』『청소 LV9』『봉술 LV2』『마물 청소 LV1』『기억 청소 LV1』

아이네의 추가 스킬도 하나뿐이다.

『오수 증가 LV1』
청소 도구로 구정물을 증가시킬 수 있다. 증가율은 10%+LV×10%.
증가한 수분은 주위에서 강제로 흡수한다. 흙이건 식물이건 사람이건.
장소를 가리기는 하지만, 여러 명을 한 번에 상대할 수 있는 맵병기가 돼버렸다.
이상하네. 그냥 청소 도구로 구정물을 늘리는 스킬인데 말이야.

하는 김에 마검 레기의 스킬도.

레기는 이번에 변화 없음. 그나저나 마검도 스킬을 늘릴 수 있나?

마검 레기
종족 : 이계의 마검
레벨 불명

잠금 스킬『용액 생물 지배 LV1』『자기 재생 LV8』

이상.

병사들 뒤를 따라가면서, 느긋하게 여행했다.
다 같이 모여서 이런저런 얘기를 하는 사이에 시간이 흘러갔고, 점점 주위 경치가 탁 트이더니 파도 소리가 조금씩 들려오더니——

"…다 왔다……."
야영을 한 번 하고, 그다음 날.
성벽을 통과했더니 바다 냄새가 났다.
눈앞에 펼쳐진 것은 이쪽 세계에 와서 처음 보는 바다.

여기가 우리들의 목적지, 항구 도시 이르가파.

커다란 반도에 세워졌고, 바닷가에는 낮은 제방이 쭉 이어져 있다. 그 너머에는 수많은 부두와 배. 하얀 돛을 단 배들.

시가지에는 벽돌로 만든 집들이 잔뜩 늘어서 있고, 그 중심에 『계약의 신』 신전이 있다.

신전 근처에는 거대한 저택이 있는데, 은색 병사들은 그쪽을 향해 걸어갔다. 그렇다면 저게 이르가파 영주 저택인가… 크다. 그나저나 약간 작은 왕궁 같은 느낌인데.

길 가던 중에 만나서 평범하게 어울렸는데, 이리스는 역시 다른 세상 사람인가….

“도착했어요, 나기 님.”

내 손을 살짝 건드린 세실의 손을 꼭 잡아줬다. 작은 손가락이 내 손을 마주 잡았다.

상업 도시 메테칼을 떠난 지 약 열흘.

우리는 항구 도시 이르가파에 도착했다.

원래 세계에서는 갖지 못했던 『살 곳』이 있는 도시다.

마침내 우리가 정착하기 위한, 『집』을 손에 넣었다.

번외편
「노예 소녀들과 주인님의 거리」

“그러고 보니 여러분 중에서 나기 씨와 가장 거리가 가까운 분은 누구십니까?”

나기와 세실이 『혼약』한 다음 날――

레티시아는 메테칼로 돌아가기 직전에 노예 소녀들에게 폭탄을 던졌다.

“미안해. 레티시아가 그냥 별 생각 없이 한 말일 거야.”

“괜찮아요, 아이네 언니.”

“레티시아 님은 나기 친구니까. 그런 게 신경 쓰이겠지.”

그날 아이네, 세실, 리타 세 사람은 거실에서 빨래를 개고 있었다.

나기와 레티시아, 그리고 마검 레기가 외출한 오후 시간에.

하늘은 아주 맑아서, 창문에서는 오후의 햇살이 들어오고 있다.

친구가 남기고 간 마지막 대사 때문에, 아이네는 당황하면서 일행의 옷을 정리했다.

세실은 자기 잠옷을 끌어안고 어제 일을 생각하는 것처럼.

리타는 깨끗하게 빤 신관복을 들고 가만히 생각에 잠겨 있다.

“역시 항상 곁에서 싸우는 리타 언니가 제일 거리가 가깝겠죠.”

마침내 세실이 조용히 중얼거렸다.

"전 뒤에 있고, 나기 님이 지켜주기만 하잖아요. 나기 님은 리타 언니를 신뢰해요. 은근히 가까운 거리라든지, 말을 걸 때의 표정이라든지…… 딱 보면 알아요. 리타 언니랑 있으면 아주 편한 얼굴이 돼요."

"무, 무, 무, 무, 무슨 소리야 세실!"

"저도 리타 언니처럼 되고 싶어요."

납작. 세실은 성체가 됐어도 전혀 변하지 않은 가슴을 문질렀다.

"아, 아니거든!"

얼굴이 새빨개진 리타가 반론했다.

"제일 가까운 건 세실이잖아. 왜냐하면 세실은 나기 『혼약자』잖아?!"

"리타 언니도 언젠가 나기 님이랑 할 거니까 똑같잖아요."

"그, 그건."

"안 할 건가요?" "안 할 거야?"

2대 1.

세실과 아이네의 뜨거운 시선 앞에서 리타는 자기도 모르게 굳어져 버렸다.

동물 귀는 부들부들 떨리고 꼬리를 뽕, 하고 바짝 서서.

도움을 청하는 것처럼 주위를 둘러봤지만 나기는 외출 중. 마검 레기는 나기를 따라갔다. 사실 레기는 있어봤자 일을 더 복잡하게 만들 것 같지만.

"아이네는, 누나!"

리타는 말을 돌리려는 것처럼 손가락으로 척, 하고 아이네를 가리켰다.

"……응. 누나야."

"가족!"

"…응. 가족."

"누나. 나기. 가족. 가까워. 혈연 같아. 아이네! 거리!"

"그러니까……."

왠지 짧게 끊어서 말하는 리타의 말을 듣고, 아이네는 고개를 갸웃거렸다.

"아이네는 나 군의 『누나』고 혈연 같은 거니까, 제일 거리가 가깝다는 거야?"

"그래. 부러워. 엄청. 친해!"

"리타 언니, 혼란스러워지면 이렇게 말하는군요……."

의자에 앉아서 자기보다 키가 큰 동료 노예의 머리를 쓰다듬어주며 말하는 세실.

『누나』. 그것은 마법의 단어였다.

그 한 마디로 주인님과의 거리가 단숨에 가까워지는 기분이 든다.

아이네도 그걸 이해했는지, 자기도 모르게 나기의 셔츠로 얼굴을 가렸다.

"……누나가, 그 이상 가까워지려면, 준비가 필요해."

"준비요?" "그게 뭔데."

"비밀. 세실이랑 리타 양이 나 군이랑 훨~~씬 친해진 다음에…….”

쑥스러워하는 아이네의 말에 세실과 리타가 고개를 갸웃거렸다.

의미는 모르겠지만, 뭔가 엄청난 말을 들은 것 같은 기분이 들었다.

빨래를 개던 손을 멈추고, 세 사람은 서로의 얼굴을 봤다.

엄청나게 긴장된 공기가 감돌았다.

어느새, 세 사람은 빨래 쪽으로 손을 뻗었다. 무의식적으로 집은 것은 나기의 셔츠, 웃옷, 바지——속옷은 건드리지 않았다. 이건 주인님이 직접 정리하기로 했으니까. 주종 계약을 맺은 주인님이라고 해도, 그 부분은 마음에 걸리는 것 같다.

주인님의 옷을 손에 든 세 사람의 움직임이 멈췄다.

세실은 펼친 셔츠를 펼쳐 들고, 보이지 않는 나기와 마주 보는 것처럼.

리타는 웃옷을 잡은 채로 부들부들 떨고 있다. 얼굴을 묻고 싶은 걸 참는 것 같다.

아이네는 담담하게 바지를 개키는 것처럼 보이지만, 사실은 갰다 펼치기를 반복.

“저기요, 제가 생각해봤는데요.”

그 분위기를 참을 수가 없었는지, 세실이 입을 열었다.

“이런 건 나기 님이 정할 일이지, 노예인 저희가 뭐라고 할 일이 아닌 것 같아요.”

“세실!”

마침내 나기의 웃옷을 꽉 껴안은 리타가 말했다.

"맞아! 나기는 우리 모두의 주인님이니까. 거리라든지, 그런 건 상관없잖아!"

"역시 세실이야. 나 군은 훌륭한 『혼약자』를 만났어."

후~ 하고 한숨을 쉬는 세 사람.

그렇다.

자신은 나기——주인님의 노예이자 파티 멤버.

거리 따위는 아무 상관 없는 일이다.

목적은 나기의 소원을 이루는 것. 『일하지 않아도 되는 생활』을 찾아내는 것.

온 힘을 다해서 주인님과 함께 있는 것.

그걸로 충분하다. 지금이 제일이다.

납득한 세 사람은—나기의 옷을 건드릴 때만은 아주 조금 시간을 들여서—빨래를 다 개켰다.

그다음에는 별장 청소.

주인님 방은 꼼꼼하게. 베개를 두드리고 시트도 바꾸고.

리타가 본능적으로 침대에 다이빙하려고 드는 걸 말리고.

슬슬 나기가 돌아올 시간이 돼서 저녁 식사 준비. 먼저 물부터 끓이고.

소중한 친구——레티시아와 헤어지고 약간 쓸쓸해 할지도 모르는 나기를 위해서 달콤한 우유도 덥혀두자. 설탕은 별장에 있었으니까 아끼지 말고.

물이 부글부글 끓는 소리를 들으며, 세 사람은 거실에서 귀를 기울였다.

마침내 주인님이 돌아왔다.

물론 제일 먼저 발소리를 알아들은 건 수인 리타.

현관으로 뛰어가려다가——자기 반응이 창피해져서 소파에 가만히 앉은 리타에게 아이네가 차를 가져다줬다. 그리고 몸이 근질거리는 세실에게 둘이서 "가 봐"라고 손짓을 했다. 그리고 마중 나가서 주인님과, 그리고 마검 레기와 같이 돌아온 세실. 제일 먼저 해줄 말은, 하나~ 둘,

""""다녀오셨어요~.""""

"응. 지금 왔어."

그렇게 해서 온화한 시간이 시작됐다.

"그런데, 오늘 셋이서 무슨 얘기를 한 것이냐?"

나기가 씻으러 들어간 뒤에, 인간 모양의 레기가 물었다.

"호오. 주인님과의 거리가 제일 가까운 자 말인가? 『혼약자』 『전선에서 지키는 자』 『누나』…… 정말이지, 무슨 바보 같은 고민을 하는 것인가, 그대들은."

세 사람의 이야기를 들은 사람 모양 레기는 납작한 가슴을 활짝 펴고—

"주인님과 제일 가까운 것은, 당연히 항상 밀착하고 있는 마

검인 이 몸이 아니겠는가!"

"""""…………."""""

"잘 들어라, 이 몸은 항상 주인님의 등에 붙어서 그 체온을 느끼고 있지 않은가? 말하자면 일심동체라고 할 수 있다. 이 몸과 주인님 사이엔 거리라는 것이 존재하지 않는다. 정말이지, 그딴 일로 고민하다니. 너희들은 정말 답이 없구나……."

"""""…………."""""

"──뭐, 뭐냐, 그 무서운 얼굴은? 꼬맹이 마족에 수인 계집, 언니 메이드여…… 어이해 셋이서 이 몸을 둘러싸는 것이냐? 잠깐. 사슬로 뭘 어쩌려는 것이냐? 뭐? 마검 레기도 휴식이 필요하다고? 잠깐, 놔라, 아니, 말로 하자. 뭐, 뭐냐──!"

그리고, 나기가 씻고 나왔을 때─

"나기 님. 등에 먼지가 있어요. 떼어드릴게요."
"고마워 세실."
"으아~ 발이 미끄러졌어요~."
꼬옥.
"저기… 세실."

"발이 걸렸어요~. 넘어졌어요~. 매달려서 죄송해요 나기 님."

"나기. 소매가 뜯어져——으아~ 발이 걸렸다~."
"잠깐만 리타."
"아까 청소할 때 바닥을 너무 잘 닦았나봐~."
꾹, 꼬옥.

"……수인인 리타가 넘어질 정도면 난 미끄러워서 걸어 다니지도 못하겠다……."
"그럼 나기한테 균형감각을 받아와야지, 에잇."
"몸이 안 좋으면 일찌감치 잠이나—— 잠깐, 왜 그렇게 끌어안는 거야?"

"나 군. 어깨 폭 좀 잴게——아, 어라~ 발이 미끄러졌네~."
"다들 왜 그렇게 내 등을 노리는 거냐고?!"

그리고——노예 소녀들의 '주인님 등 쟁탈전'은 저녁 식사 시간까지 계속됐다.

작가 후기

안녕하세요, 센게츠 사카키입니다.

『이세계에서 스킬을 해체했더니 치트급 아내가 증식했습니다』 3권을 구입해주셔서 감사합니다.

독자 여러분 덕분에 이 이야기도 드디어 3권이 나왔습니다.

이번 무대는 온천 마을입니다.

해룡의 무녀 이리스가 등장하면서 이야기는 더욱 떠들썩해졌습니다.

나기 일행은 '일하지 않는 생활'을 목표로, 치트 여행을 계속하는 중.

새로운 의식과 스킬의 정보를 얻으면 일단 시험해보고—

서로 접하고, 맺어지고, 혼을 잇고—

노예 소녀들은 더욱 더 치트한 캐릭터로 진화해갑니다.

그리고 서적 판에서는 WEB 판에서는 묘사하지 않았던 이야기와, 일부 루트 변경도 추가됐습니다.

여전히 알콩달콩 러브러브하면서 모험하는 이야기를 재미있게 즐겨주시면 감사하겠습니다.

공지사항입니다.

세상에, 현재 『치트 아내』 코미컬라이즈 계획이 진행 중입니다.

코미컬라이즈 담당은 카타세 미나미 님. 드래곤 에이지에서 2017년 여름부터 연재를 시작할 예정입니다. 캐릭터 디자인을 (작가 특권으로) 봤는데 세실도 리타도 정말 매력적이라서, 벌써부터 가슴이 엄청나게 두근거립니다.

치트 스킬과 『재구축』 장면이 어떻게 그려질지—기대해주세요.

소설 판과 함께, 만화 판 『치트 아내』도 잘 부탁드리겠습니다.

그럼, 마지막으로 감사 인사입니다.

『치트 아내』 서적 판을 읽어주시는 독자 여러분. WEB 판을 읽어주시는 여러분, 항상 정말 감사합니다. 여러분 덕분에 여기까지 올 수 있었습니다. 앞으로도 잘 부탁드리겠습니다.

토자이 님. 항상 멋진 일러스트를 그려주셔서 정말 감사합니다. 이번에도 등장하는 캐릭터가 많아서 정말 죄송합니다. 히로인 전원 집합 온천 장면 그림은 가보로 삼을까 합니다. 담당 편집자 K님. 항상 빠른 반응에 정말 감사드립니다. 고맙습니다.

마지막으로 이 책을 구입해주신 여러분께 최대급의 감사를!

만약 이 이야기가 마음에 들었다면, 또 뵙겠습니다.

센게츠 사카키

이세계에서 스킬을 해체했더니 치트급 아내가 증식했습니다 3

2019년 3월 24일 1판 1쇄 인쇄
2018년 4월 1일 1판 1쇄 발행

저 자 센게츠 사카키
일러스트 토자이
옮 긴 이 김정규
발 행 인 유재옥
본 부 장 조병권
담당편집자 정영길
편 집 김다솜 김민지 김혜주 김효연 이문영 이성호 이용훈 정영길 조찬희 지미현
미 술 강혜린 박은정
라이츠담당 박선희 오유진
디 지 털 최민성 박지혜
발 행 처 ㈜소미미디어
제 작 처 코리아피앤피
등 록 제2015-000008호
주 소 서울시 마포구 토정로222, 403호(신수동, 한국출판콘텐츠센터)
판 매 ㈜소미미디어
마 케 팅 한민지 한주원
전 화 편집부 (070)4164-3962, 3963 기획실 (02)567-3388
판매 및 마케팅 (070)4165-6888, Fax (02)322-7665

ISBN 979-11-6389-301-1 04830
979-11-6190-566-2 (세트)